UNE

GLACE SANS TAIN,

PAR

Hippolyte Bonnellier.

TOME PREMIER.

Paris

AU. COMPTOIR DES IMPRIMEURS-UNIS,

QUAI MALAQUAIS, 15.

1845.

UNE

GLACE SANS TAIN.

2781

y^2

18806.

OUVRAGES SOUS PRESSE

De M. Hippolyte Bonnellier.

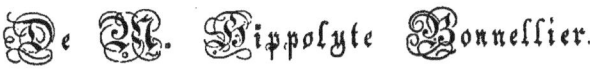

HISTOIRE COMMERCIALE ET POLITIQUE DES FRANÇAIS DANS LE MEXIQUE, ouvrage dédié au Roi.

HISTOIRE DES CONSPIRATIONS DEPUIS LE COMMENCEMENT DE LA MONARCHIE.

HISTOIRE DES CARVINS DE HONGRIE.

UN MORCEAU DE ROBE (roman).

UNE FENÊTRE A TRAVERS LES ARBRES (roman).

L'ANTICHAMBRE DES TUILERIES (livre psychologique) avec cette épigraphe :

> « ... Ce sifflet !... il me servait à
> « appeler mes chiens, dans le temps
> « où j'avais des secrétaires. »
>
> LÉON GOZLAN, *Main droite et main gauche*, acte Ier.

Paris — Imp. de E.-B. Delanchy, faub. Montmartre, 11.

UNE

GLACE SANS TAIN,

PAR

Hippolyte BONNELLIER.

 Tome premier.

PARIS.

AU COMPTOIR DES IMPRIMEURS-UNIS,

QUAI MALAQUAIS, 15.

1845.

Ouvrages de M. H. BONNELLIER.

⟶·≻≽⊃◇▓◇⊂≼≺·⟵

HISTOIRE. -- POLITIQUE.

	Vol.	
Histoire de l'Épire et de l'Albanie.	1	in-8°.
Mémorial de l'Hôtel-de-Ville de Paris (1830).	1	id.
Réponse à une lettre de M. de Chateaubriand (1832), brochure.		id.
Lettre au Roi (1840), brochure..		id.
La Ligue en Basse-Bretagne.	3	in-12.

ROMANS HISTORIQUES.

Nostradamus.	2	in-8°.
Raiz..	2	id.
L'anneau de paille.	2	id.
Le vicomte d'Aché..	2	id.
La Grille	1	id.
La Plaque de cheminée.	1	id.
Juive et Mauresque..	1	id.

ROMANS DE MŒURS.

Calomnie.	1	in-8°.
La Fille du Libraire..	2	in-12.
Louise de Valencey.	2	id.
Les Vieilles Femmes de l'île de Sein.	2	id.
L'Homme sans cœur.	2	in-8°.
Le Moine blanc.	2	il.
Deux Nouvelles.	1	in-12.
La Petite Porte.	1	in-8°.
Un Malheur domestique	2	il.
Manette.	2	id.
Une Méchante femme.	1	id.
Le Bosquet sur les toits	2	id.
Le Pigeon noir.	2	id.

POÉSIES.

Satires suivies d'une Messénienne.
Épître au comte François de Neufchâteau.
Épître à M. de Vatimesnil.
Avis de la tombe au Prince de Joinville.
Marines.—Élégies.

La Cinquantaine.

----◆----

La nomenclature des ouvrages que j'ai déjà
publiés, et que je donne à la page précédente,
est incomplète : non que je craigne d'avouer
quelques-uns de mes livres, ni que je redoute
pour eux pire que la sévérité de la critique; le peu
qu'ils valent, je le sais, et l'oubli du public m'em-
pêche de l'oublier; mais leur nombre, porté
à un chiffre exact, réalisait le chiffre *cinquante* !
chiffre consacré, chiffre heureux, auquel l'Église
accorde des indulgences ! Le *carmen seculare*
se chante au *demi* siècle; les *jubilés* s'obtien-
nent, pour ceux qui s'y confient, tous les cinquante ans; et les époux, privilégiés par la durée
de leur union, reprennent, *à la cinquantaine*,
le bouquet des jeunes amours, l'habit de fête du

plus beau jour de leur vie! absolument comme
si cinquante ans n'avaient pas déformé et usé
l'habit en même temps qu'ils effaçaient le plus
beau jour!

Déclarer mon cinquantième volume, c'était
m'autoriser à me parer du bouquet des illusions
d'un plus jeune âge; c'était presque me placer
dans la nécessité de faire des vœux pour un avenir égal à mon passé! Et il est trop vrai, — il est
trop connu que, pour effacer de mes jours mes
mauvais jours, il me faudrait non pas continuer,
mais recommencer ma vie!

A ne voir même qu'une *cinquantaine litté-
raire*! puisque je suis bien loin encore de celle
des années, — quel est l'homme de lettres, un
peu militant, qui oserait — si son premier combat n'est pas une victoire — fêter, à son cinquantième volume, l'événement de son premier
ouvrage? Pour peu que sa mémoire lui retraçât
les souvenirs de son commencement, une noble
rougeur lui monterait au front; et bientôt dans
sa main indignée serait froissé le bouquet dont
se serait d'abord parée sa vanité imprudente!

Voilà pour les avanies, les soucis, les décep-
tions, les injustices au premier ouvrage! —
Mais les chagrins cuisants! — mais les haines!

— mais les vengeances... et les atroces calomnies qui en sont les agents !

« Je m'arrange pour me faire bravement *dix* ennemis par volume», disait un contemporain de beaucoup d'esprit, qui n'est pas si noir que ses ennemis en ont l'air ; à cinquante volumes, faites le chiffre des ennemis!

« *Heureusement*, — disait Beaumarchais, — *que mes ennemis sont bêtes à s'en lécher les doigts !* » Beaumarchais, quoi qu'il en ait dit, a éprouvé qu'il n'y a pas d'ennemi bête ; et que chez le plus idiot se développe, pour nuire, une habileté de circonstance qui suffit à créer, contre celui qu'elle attaque, des empêchements, des douleurs pour la vie entière.

Je préfère au faux aplomb du père de Figaro et du spirituel adversaire de Bergasse et Goëzmann la circonspection de Fontenelle, qui avouait *avoir peur des bêtes* : voilà pourquoi j'ai si grand peur de mes ennemis !... voilà pourquoi je n'ose pas leur livrer l'aveu de mon cinquantième volume, ni me féliciter d'une persistance dans le travail qui ne m'a valu, grâce à eux, aucune de ces joies tant promises avant que d'avoir rien fait, rien écrit.

Question de *médiocrité* ou de *talent !* — Non ; question de *profession* : tout est là.

> Nous autres satiriques,
> Propres à relever les sottises du temps,
> Nous sommes un peu nés pour être mécontents.

Et, mécontent, l'homme de lettres se plaint ; sa plainte, pour la rendre plausible, il la fait porter sur les faits et sur les hommes... *indè iræ* ! Qui est-ce qui veut avoir tort ? le méchant et le sot moins que les autres. Il faut donc, écrivain militant, susciter, traîner derrière soi, pour en être méconnu, blâmé et sifflé, tous ceux contre lesquels on a eu raison ! — *Bone Deus* !

Donc, sans joie et sans bruit, je publie mon cinquantième volume ; cherchant du regard un seul bon lecteur, un *seul* qui me console de tous ! dont la sympathique indulgence apprécie convenablement cette nouvelle et douloureuse page sur *la folie humaine*, — que je livre à la publicité.

Pour l'écrivain, — être bien lu, — c'est être estimé.

Rouge - Bourse.

I.

A trois quarts de lieue environ de Laferté-
sous-Jouarre, et tout auprès de la route d'Allemagne, on remarquait encore, il n'y a pas
plus de deux ans, un vaste et beau château cons-
truit sur le beau modèle des habitations élevées
par les architectes de Louis XIV, et dont les

jardins avaient eu pour dessinateur un élève de Lenôtre, si ce n'est Lenôtre lui-même.

Les œuvres de l'homme ont plus de durée que leur auteur. La vie des monuments, si courte pour *les temps*, est longue selon la vie humaine; et tel édifice s'élève, jeune encore par sa forme, par l'énergie de ses membrures, par le poli de sa surface à peine brunie par le temps, qui a enseveli sous son ombre plusieurs générations. Aussi le château dont je veux parler aurait-il pu conserver jusqu'au jour où il a été démoli cette physionomie jeune, permise aux pierres qui n'ont que cent cinquante ans d'usage. Il n'en fut rien, pourtant.

Rouge-Bourse, nom d'une étymologie sinistre, offrait en 1842 le spectacle attristant de tout ce qui est vieux, décrépit, mal soigné et abandonné. Le grand parc, le beau jardin, l'imposante et vaste habitation, tout Rouge-Bourse était marqué de je ne sais quel cachet d'ignominieuse misère qui ne représentait pas la richesse déchue jusqu'à l'indigence, mais l'indigence ravalée jusqu'au vice. Le moral influe sur la disposition et l'effet général, même des haillons et des ruines. Le délabrement d'un homme et d'un édifice où la dignité morale a survécu à la jeunesse et au bonheur n'a rien qui ressemble à celui de l'homme ou de l'édifice qui a été, l'homme, vicieux ; l'édifice, l'asile du vice. Pour ceux-ci, le dégoût poussé jusqu'à une insurmontable horreur ; pour les autres, une mélancolie sympathique, une grande tristesse.

Rouge-Bourse, évidemment jeune encore, avait été comme revêtu par une main avilie d'une robe avilissante pleine de déchirures, de taches livides, repoussantes à la vue. Aux douze fenêtres de la grande façade, ornement du premier étage, des avaries sans excuse ; des fenêtres sans châssis ou des châssis incomplets et sans vitres, des balcons déscellés, et dans les coins des embrasures extérieures, des débris de nids d'hirondelle. On s'apercevait, à ce signe, que l'hospitalité n'était pas permise dans le château de Rouge-Bourse.

Inutile de parler de l'arrangement intérieur
de cette habitation : partout la malpropreté
et le dénûment; à peine quelques fauteuils
boiteux, de modèles différents, garnis de tapisserie ou de velours, salis et déchirés, et
comme perdus dans d'immenses appartements;
des glaces piquées par l'humidité, écornées,
étoilées, veinées par des brisures; nulle part
la possibilité d'une chambre habitable. Le rez-
de-chaussée, avec un perron, huit fenêtres à
plein-cintre, présentait la même détresse, le
même abandon : seulement chacune des ex-
trémités du bâtiment étant commandée par
une espèce de tour carrée, on remarquait au
rez-de-chaussée de la tour, extrémité nord, une
disposition complètement en désaccord avec la
physionomie générale du château, et qui ré-
vélait que, sur ce point, il était habité. Le
plein-cintre d'une croisée avait été coupé par
un pan de maçonnerie, à demi-hauteur, de
façon à ne plus laisser qu'une fenêtre à petite
proportion. Une autre croisée, taillée en ogive,

avait, dans sa partie supérieure, un carreau de bois donnant issue à un tuyau de poêle ; d'ailleurs, nul autre indice pour apprendre aux curieux à quels soins était confié ce domaine, ni quels habitants il pouvait posséder.

Au milieu d'une vaste cour, un pigeonnier-tour ; pour issue, une grille qui ne rappelait ni par sa forme ni par sa hauteur la hardiese et l'élégance des serrureries d'autrefois. Cette grille s'ouvrait sur une belle avenue tournante tracée dans les terres de la dépendance et allant se perdre sur la route de Strasbourg.

Pour le voyageur à la recherche du passé, et ne regardant Rouge-Bourse qu'à distance, à travers les barreaux de sa grille, ce château faisait naître l'idée des vicissitudes causées par les révolutions ; on pensait aussitôt à 1792, aux nobles, aux émigrés, et l'on venait à s'imaginer que ce domaine, *propriété nationale* non vendue et oubliée, était resté sous la garde de quelque vieux serviteur, vivant symbole de la fidélité.

Il fait nuit; cependant la soirée n'est point avancée ; huit heures viennent de sonner au village de *Favière*, et les huit coups de l'horloge ont été portés par un vent de sud-ouest jusque dans l'enceinte de Rouge-Bourse. Aux deux fenêtres du rez-de-chaussée que j'ai signalées brillent des lumières. En s'approchant de la grande fenêtre, on peut distinguer, car les vitres n'ont point de rideaux, un homme d'une soixantaine d'années, aux traits accentués, aux yeux enfoncés, ombrés par d'épais sourcils gris, à la bouche longue et mince, au teint bistré; sa tête, d'une conformation particulière, élargie aux temporales, plate au sommet, étroite à sa partie frontale, très-développée à celle du cerve-let, avait une analogie saisissante avec la tête de l'oiseau de proie.

Cet homme est assis devant un petit secré-taire en bois de noyer ; il écrit sous la lumière d'une chandelle placée dans un flambeau de cuivre malpropre et taché de vert-de-gris. L'ameublement de cette chambre se compose d'un lit très-bas en noyer, de trois chaises en paille, d'un fauteuil couvert en tapisserie, et d'une table de nuit, aussi en noyer, placée près du lit ; sur la tablette de ce meuble, un briquet et un pistolet demi-arçon à pierre et à deux coups. Une singularité commande l'attention : un des pans de mur est à demi coupé et remplacé par *une glace sans tain* qui fait cloison permanente ; la glace est adaptée à l'angle de la pièce par une seule bande de châssis, et, de l'autre côté, au chambranle d'une porte ouvrant sur la chambre dont cette glace sépare.

Cette autre chambre, beaucoup plus vaste, est celle dont la fenêtre est taillée en ogive : c'est une cuisine pavée, sale, noire, presque dégarnie de ses ustensiles, contenant un bahut, une table longue, deux vieilles chaises ; et, sous son vaste manteau, à la clarté d'une vieille lampe en ferblanc et à pompe placée sur une tablette, on voit, assise dans un grand fauteuil en paille garni de coussinets piqués et en toile, une femme n'ayant pas plus de quarante-six ans, mais amaigrie, mais réduite avant la vieillesse à un état de marasme et de décrépitude. Sa tête est appuyée de côté sur un coussinet du dossier de son fauteuil, et ses regards, caractérisés par l'expression de l'angoisse, de la peur et de la haine, suivent avec fixité tous les mouvements de l'homme qui écrit. Tout est silence dans cette demeure. Au dehors, nulle voix humaine ; la haute futaie du parc, balancée par le vent d'automne, produit un long gémissement, seul bruit qui puisse convenir à cette étrange solitude.

Tout-à-coup une cloche-beffroi tinta dans la cour. Le vieillard jeta sa plume en disant à demi-voix : « *Qui va là ?* » La personne assise sous le manteau de la cheminée de la grande cuisine se dressa vivement sans perdre de vue l'habitant de l'autre chambre. Celui-ci, après quelques secondes, se leva, voulut ouvrir la porte de communication près de la glace : elle était fermée par un verrou de l'autre côté.

« Ouvrirez-vous? madame Bassan ! — cria le vieillard d'une voix menaçante.

— La grille ?

— Non, ma porte.

— Faut-il aller ouvrir la grille ?

— Je vous dis d'ouvrir ma porte, vieille folle !

— Attendez, monsieur Bassan ; c'est peut-être le grand vent qui a fait tinter , — répondit la femme sans oser changer d'attitude.

— Je vous avais cependant ordonné de relever le cordon de la cloche chaque soir !— répliqua le mari avec une violence croissante.

— Si le vent frappe le battant, la corde relevée n'y fera rien. »

A ce moment un nouveau coup retentit plus fort.

Mme Bassan ouvrit la porte de la cuisine donnant sur la cour, revint à celle de la glace, en tira vivement le verrou et s'échappa pour aller à la grille.

« Allons, monsieur et madame Bassan, — cria une voix du dehors, — le bon Dieu pense à vous : voilà une jeune fille qui va égayer Rouge-Bourse.

— Comment! une jeune fille ?

— Oui, ma tante; c'est moi...

— Laure ! — s'écria Mme Bassan ; — Laure ! répéta-t-elle stupéfiée ; — Laure en France !... ici !

— Elle arrive d'Amérique par le bateau-poste de Meaux, — reprit le guide ; — et moi, madame Bassan, je porte la malle... Ça n'est pas bien lourd, mais c'est gênant... Ouvrez-nous vite...

— Mais je n'ai pas la clé...

— Je l'ai, moi... » — dit une forte voix à quelques pas derrière.

Et M. Bassan, sans ajouter une parole, ouvrit la grille.

« Bon soir, monsieur Bassan, — dit le guide d'un ton qu'il voulait rendre jovial.

— Bon soir, mon garçon, quoique je ne te connaisse pas... Dépose là cette malle ; je m'en charge...

— Vous ne donnerez pas un verre de vin pour la peine ?

— Je te donne le bon soir.... Il est tard... rentre vite à la ville. »

Ces mots dits, M. Bassan referma les deux tours, et sans écouter une observation un peu morose du commissionnaire, sans dire un mot à la nouvelle venue, marcha devant, ayant d'un bras vigoureux placé la malle sur une de ses épaules.

Mme Bassan suivait, et auprès d'elle, inquiète et tremblante, la jeune fille.

Quand ces trois personnages furent entrés

dans la cuisine, il y eut une scène muette d'un indescriptible effet. Il aurait fallu connaître le passé pour se rendre compte des impressions des époux Bassan. — Lui, alla chercher son flambeau dans sa chambre, le déposa sur une table près de la place où se tenait droite, immobile, attérée, prête à pleurer, la pauvre jeune fille qui venait d'Amérique, et dont l'angélique visage ne dénonçait pas ses liens de parenté.

Mme Bassan était elle-même sous l'influence d'un sentiment méchant réprimé par la peur.

« Comment! vous êtes la petite Laure? — demanda enfin M. Bassan d'une voix sombre.

— Oui, mon oncle; je suis la fille de votre frère.

— Pourquoi en Europe, mademoiselle?... pourquoi ici?

— J'étais si pauvre!

— Est-ce que je suis riche, moi?

— Je suis votre nièce.

— Je vous avais laissée à *la Virginie*, sur une habitation opulente; *M. Thomson* vous aurait toujours gardée.

— L'habitation de *M. Thomson* a été brûlée par les Indiens... J'ai demandé l'aumône dans *Norfolk*... puis j'ai travaillé... Je me mourais de chagrin... Un Français, constructeur de navires, m'a prise en pitié... Il revenait en France; il m'a ramenée jusqu'au Havre. Au Havre, il m'a donné de l'argent pour ma route... Me voici.

— Bien arrivée ! — s'écria M. Bassan d'une voix déconcertante. — Et qu'est-ce que vous dites de ça, madame Bassan ? » reprit-il avec une ironie pleine d'amertume.

La dame baissa la tête et ne répondit rien.

« Et puis,—continua Bassan,—nous n'avons plus qu'à meubler Rouge-Bourse pour loger mademoiselle... — La voilà devenue grande comme une dame; il lui faut le château de son oncle pour y étaler ses grâces... Allons, madame Bassan, un matelas, un drap et une couverture dans une chambre de domestique, en haut. Vite, depêchons. »

Une idée vint subitement à la femme du propriétaire de Rouge-Bourse.

« Pourquoi loger cette petite si haut? Je puis bien la coucher dans le coin de cette cuisine...

— Je vous dis que vous allez lui faire un lit au second, dans la mansarde rouge... M'avez-vous entendu? » cria le maître d'une voix de tonnerre.

La jeune fille regardait son oncle et sa tante et ressentait à leur aspect, en entendant leurs paroles, un insurmontable effroi. Les calculs de sa jeune imagination étaient bien certainement dérangés, car un abattement douloureux était peint sur ses traits.

« C'est entendu, n'est-ce pas, madame Bassan? » — insista le vieillard. Sa femme prit sa

lampe, décrocha un trousseau de clés étique-
tées, et, d'un mouvement de tête, fit signe à sa
nièce de la suivre. Dans la cuisine aboutissait
un escalier noir et de service, communiquant
avec les étages supérieurs. Mme Bassan ouvrit
une chambre du premier étage, — sorte de
garde-meuble et de lingerie en désordre ; elle
y fit prendre par la jeune fille, avec un mince
matelas, la garniture d'un lit, et la conduisit à
l'étage supérieur, dans une chambre mansarde,
mal abritée par trois carreaux cassés, sur huit
dont se composait la fenêtre.

« Faites votre lit, mon enfant, puis je vous
dirai deux mots. »

La pauvre voyageuse n'y voyait plus clair,
tant les larmes emplissaient ses yeux ; son cœur
se brisait dans sa poitrine : elle étouffait. Tant
bien que mal, elle disposa son lit ; puis, sans
parler, vint se placer auprès de sa tante qui se
tenait immobile et pensive, et offrit à ses regards interdits le caractère vraiment répulsif de

I.   2

traits vieillis, appauvris, désorganisés par le travail de tous les funestes instincts : la peur, la vengeance et le remords.

« Ma tante, j'ai fini. »

Ces mots réveillèrent Mme Bassan ; elle prit une main de sa nièce, plaça sa lampe entre elles deux, et, d'une voix brisée par l'angoisse :

« Me reconnaissez-vous ?

— Oui... vous êtes bien la belle-sœur de mon père,—répondit timidement la jeune fille.

— Je ne le nie pas... Je sais bien que vous êtes ma nièce... Je ne vous repousse pas, vous le voyez... Je vous reconnais, moi ; mais vous, me reconnaissez-vous bien ?...

— J'ai dit *oui*, ma tante...

— Depuis dix ans mes traits ne se sont donc pas effacés de votre souvenir ?

— Non, vraiment.

— Et vous vous rappelez.... tout ?... »

Mme Bassan s'arrêta court ; ses yeux ranimaient leur ardeur pour saisir le jeu de la physionomie et du regard de la jeune fille.

Un cri retentit dans le petit escalier : il fit tressaillir la tante et la nièce.

« M. Bassan m'appelle... couchez-vous vite. A votre âge on n'a ni mari, ni fantômes à craindre, on peut rester sans lumière... Bon soir. » Et la dame sortit sans oser dire un mot de plus, sans calmer le trouble de sa nièce par un baiser qui lui eût fait croire, malgré la sinistre apparence, à une hospitalité protectrice.

L'enfant tomba à genoux sur le matelas et pleura amèrement jusqu'à l'instant où le sommeil dissipa son effroi et sa douleur.

M. Bassan s'était installé dans la cuisine, assis devant la table sur laquelle il avait posé son flambeau ; et, les coudes appuyés, les mains pressées sur son front décalvé, il paraissait livré à de poignantes réflexions. Lorsqu'il entendit rentrer sa femme, il changea d'attitude.

« Eh bien! madame? — demanda-t-il d'une voix sourde.

— Eh bien! monsieur?

— Vous avez la bêtise de répéter ma question sans vous rendre compte de la réponse que vous avez à me faire! — s'écria Bassan en frappant la table avec son poing. — Je vous demande ce que vous pensez de ces yeux qui ont tout vu! de ces oreilles qui ont tout entendu! et que le grand Océan rejette entre nous deux... ici!... dans cette habitation désolée où du moins il n'y avait d'autre vestige de notre passé qu'un souvenir à demi-étouffé par ma volonté!... »

Mme Bassan frisonnait : la peur la glaçait.

« Répondrez-vous encore *eh bien?* comme s'il s'agissait d'une partie de cartes... quand c'est une partie de tête que cette jeune fille vient peut-être jouer ici!... »

— Elle a tout oublié, monsieur Bassan...

— Qui vous l'a dit ? — s'écria le vieillard en se levant. — Est-ce que vous avez eu la sottise de la questionner ?

— Serait-elle venue ici si elle se fût souvenue ?...

— Elle en partira demain...

— Demain ! Y pensez-vous ? Où voulez-vous qu'elle aille ?

— A Meaux, où je la placerai en apprentissage.

— Que craignez-vous d'elle ?

— Sa présence.

— Maintenant que le sort la renvoie près de nous, craignez plutôt son absence !... Dans les mille questions qui lui seront faites sur le temps de son enfance, un mot peut venir qui tire le rideau abaissé dans son esprit... Se rappelât-elle, ce dont je doute, sa mémoire serait combattue par l'influence silencieuse qu'elle subira près de vous...

— C'est peut-être juste ce que vous dites, madame Bassan... Mais, sur votre vie, pas de conversation avec cette enfant!... C'est égal, j'aurais autant aimé qu'elle tombât au fond de la mer... »

Cela dit, Bassan prit son flambeau et se retira dans sa chambre ; sa femme alla tirer le verrou de sa porte et vint se rasseoir sous le manteau de la cheminée, gardant sa lampe allumée sur une petite tablette auprès d'elle.

Après quelques instants, la lumière fut éteinte dans la pièce de l'autre côté de la glace, et le repos de la nuit commença dans le sinistre château de Rouge-Bourse.

Le ménage Bassan.

II.

Cet homme et cette femme *en guette* l'un
contre l'autre, *se mirant* l'un l'autre et sans
cesse dans une glace sans tain, paraissant vivre
de la vie pauvre, presque abjecte, au-dessus de
laquelle se trouve certainement le plus pauvre
des artisans laborieux; ce monsieur et cette dame
Bassan, l'un déjà vieux, et sa vieillesse ajoutant

à la laideur de sa physionomie toujours irritée ;
l'autre, vieille de ses longs chagrins, de ses
longs ennuis, de ses mauvaises pensées, de tout
ce qui alarme l'imagination et trouble la conscience; tous deux unis par un lien plus fort
que celui créé par la loi et consacré par l'E-
glise, et tous deux se souhaitant mutuellement
la mort pour voir rompre l'éternel supplice de
leur alliance ; — ces deux êtres malheureux,
c'étaient les propriétaires du château de Rouge-
Bourse.

Il y avait deux ans environ qu'un sieur Bassan s'était présenté chez le notaire de Laferté-
sous-Jouarre et s'était rendu acquéreur, au
prix de 45,000 francs, d'un domaine qu'une
mise à l'enchère équitable aurait certainement
fait monter à 200,000 francs.

L'acquéreur, arrivé de la veille, descendu
dans une pauvre auberge du pays, affectant
des dehors, des habitudes et une mise peu
usités chez les gens de la classe bourgeoise,
aisée, ne laissait deviner à personne l'impor-

tance qu'il allait donner à son acquisition, ou seulement le parti qu'il allait en tirer; son nom même de *Bassan*, vaguement connu dans la commune de Laferté, y avait cependant une tradition vivante dans la personne d'une très-vieille femme de quatre-vingt-dix-neuf ans, tombée en enfance.

On avait demandé au nouvel arrivant si la pauvre vieille n'était pas de sa famille; il avait répondu sèchement *non*, et, en aucune circonstance, n'avait cherché à connaître, ni même à voir son homonyme. Rouge-Bourse, habitation dédaignée ou redoutée dans la contrée, sans qu'on puisse dire le motif de sa dépréciation, ne devint pas, dans les mains du nouveau propriétaire, un séjour en meilleure estime auprès des habitants de Laferté.

Le sieur Bassan s'y était installé comme jamais ne s'installa un homme en état de déposer sur le contrat d'acquisition 45,000 francs *en écus sonnant*. Il y était venu avec sa femme, sans servantes, sans valets, inutile de dire

sans garde-chasse pour la surveillance des dé-
pendances en bois et prés. Il avait pris gîte
tout d'abord dans une des grandes pièces du
premier étage en y dressant deux misérables
lits ; mais une scène, sur laquelle il est impossible de ne pas revenir, avait eu pour résultat le complet changement de cet arrangement intérieur.

Entre Bassan et sa femme la mésintelli-
gence était *chronique*, tant elle offrait de persistance et de gravité. A la moindre contradic-
tion, la main du mari se levait rapide et
retombait pesante sur la joue de sa femme...
odieux outrage qui arrachait un cri de souffrance à la victime ; puis, après ce cri, — et au
milieu des sanglots, — s'échappait sourdement
ce mot profondément articulé : *Scélérat!* Du
reste, après ce mot, qui devait renfermer dans
ses trois syllabes une longue et terrible histoire,
aucune autre parole n'en venait développer le
sens, quelle que fût la gravité de la scène ;
il semblait même qu'après l'avoir prononcé,

Mme Bassan en sentît sur elle le contre-coup; car son mari, en le recevant, la regardait d'une façon sinistre et toute particulière; un atroce sourire contournait sa bouche : alors la femme pâlissait et se taisait.

Une nuit, M. Bassan avait été réveillé par une voix strangulée qui articulait péniblement des phrases entières, comme si elle eût soutenu une conversation où l'angoisse morale et la douleur physique avaient un rôle; et, au milieu de ces phrases, il avait distingué celle - ci, répétée jusqu'à trois reprises :

« *Non ! non ! laissez l'enfant dans son ber-ceau... ne le touchez pas ! Bah ! sa vie ne peut pas nous nuire... il vivra avec les nègres marrons... il ne saura seulement pas où il est né... Voulez-vous bien ne pas le toucher !... Si on lui ôte un cheveu de la tête, je mets le feu à l'habitation... Monsieur Bassan !... Ah ! le scélérat !...* » Et, sur ce mot, un corps solide, frappant violemment la muraille, avait effleuré le visage de M. Bassan soulevé sur son séant

et qui écoutait : une hachette était retombée
sur son lit.

C'est en sentant à son cou la rude étreinte
des mains de son mari, que Mme Bassan était
sortie du cauchemar qui animait son sommeil ;
et quand la souffrance l'eut complètement ré-
veillée, elle avait entendu ces terribles paroles,
prononcées en langue anglo-américaine :

« Est-ce que vous vous imaginez que je vais
vous laisser ainsi parler toutes les nuits ?...
Est-ce que vous vous êtes flattée que je me
laisserai assassiner par vous sous le prétexte
du rêve ?... Vieille folle ! rentrez vos révéla-
tions dans votre tête stupide, ou je vous aurai
bientôt guérie de vos accès de fièvre chaude...
C'est le doute, n'est-il pas vrai, qui agite votre
sommeil ? Vous cherchez encore tout le jour la
main qui a frappé ce petit *Robert*, et la nuit,
la fatigue du cerveau vous le représente au moment de sa mort ?... Eh bien ! que vos doutes
cessent !... C'est moi qui l'ai tué !...

—Vous! » avait crié Mme Bassan en déchi-
rant de ses ongles le visage de son mari.

L'excès du désespoir, ou assommée d'un coup
de poing, elle avait passé le reste de la nuit dans
un état complet d'évanouissement.

Le lendemain, dans la matinée, un changement notable était fait dans l'emménage-
ment des deux époux. Un maçon, demandé
à Laferté, sciait la cloison qui séparait la cuisine de la petite chambre du rez-de-chaussée; une hauteur de plinthe était conservée par
bas et par haut, et une grande glace enlevée à
l'une des cheminées du premier étage, et *déta-
mée* par M. Bassan, était fixée dans l'intervalle
laissé par la coupure de la cloison.

Pendant ce travail, Mme Bassan avait été
s'agenouiller devant le grand autel du village
de *Chamilly*, et, tout haut, mais dans la
langue étrangère qu'elle employait dans les
grandes circonstances, elle avait fait un vœu,
vœu terrible sans doute, car elle n'avait parlé

que d'une voix brisée par les sanglots, les pleurs, et en pressant sa poitrine avec ses mains convulsivement agitées. Et le soir, un changement étrange et tout nouveau dans ses habitudes avait pu indiquer la nature du vœu fait à l'église. Mme Bassan ne s'était point couchée; elle avait placé le fauteuil que j'ai désigné au commencement de cet ouvrage, sous le manteau de la cheminée; elle avait posé sa lampe allumée sur le couvercle de la boîte au sel gris; et, la tête appuyée sur le coussinet du dossier, elle avait cherché le repos dans un demi-sommeil, mille fois interrompu par la peur et par l'anxiété de la surveillance; car ses regards n'avaient quitté que brisés par l'assoupissement cette glace sans tain, fragile mais significative cloison qui la séparait de son mari.

Depuis cette nuit jusqu'à la soirée qui a été marquée par l'arrivée d'une jeune fille, nièce de M. Bassan, rien ne s'était passé de trop expressif dans l'intérieur de Rouge-Bourse.

La vie en famille.

III.

La nuit porte conseil. C'est surtout dans les situations extrêmes que le sommeil agit le plus heureusement sur les cerveaux malades, les esprits fatigués; et alors même que l'insomnie agite et tourmente le corps pendant les heures qu'elle allonge, il résulte toujours du silence et de cette nature de repos, qui est l'absence des choses, des méditations judicieuses et salutaires.

La jeune fille arrivée la veille au soir, et qui s'était couchée désespérée, descendit de sa chambre résignée à accepter cette existence qui allait lui être faite. Mme Bassan avait compris le parti qu'elle pourrait tirer de la présence de sa nièce, si, par une permission providentielle, la jeune Laure pouvait avoir oublié *une heure* de son enfance.

Bassan, refroidi sur la première impression causée par l'arrivée de la voyageuse inattendue, pensa que mieux valait, après tout, un témoin inoffensif des souffrances de son intérieur; il lui épargnerait peut-être, par sa passive surveillance, un de ces mauvais coups qui deviennent assassinats devant la loi, et ne sont, dans la conscience démoralisée d'une âme haineuse, que la légitime représaille de la vengeance méritée. L'essentiel était que Laure *n'eût pas de mémoire.* A ce prix elle pouvait vivre, en famille, de la vie misérable ordinaire aux habitants de Rouge-Bourse.

Lorsqu'elle entra dans la cuisine, Laure jeta un regard inquiet et d'investigation sur cette pièce de si triste apparence.

Mme Bassan préparait sur un petit fourneau de campagne son modeste déjeûner, de la bouillie de froment. De l'autre côté de la glace, M. Bassan prenait le même soin et *tournait* son chocolat, seul luxe qu'il se permît comme souvenir obligé de l'*hygiène coloniale*. Il entendit se refermer la porte de l'escalier noir, éloigna la cafetière du feu, versa le chocolat dans un jégneux de terre brune, et, prenant sur une tablette une cuillère en fer, un morceau de pain bis, vint dans la cuisine pour déjeûner.

« Bonjour, ma nièce, » dit-il d'une voix presque affectueuse.

La jeune fille accourut à son oncle et l'embrassa au front.

« Allons, madame Bassan, quand vous regar-

derez cette fillette comme une merveille du
nouveau monde, cela ne lui donnera pas à manger !... Qu'avez-vous là sur ce fourneau?...

— De la bouillie...

— Joli régal!... Que diable ! quelques mouil-
lettes dans deux œufs bien frais, ce n'est pas la
mort d'un poulailler!...

— C'est vrai, — dit à demi-voix Mme Bassan
stupéfaite du changement opéré dans la voix et
la physionomie de son mari.

— Ainsi, vous n'avez pas d'œufs frais?...

— Je n'y ai pas songé..

— Quand vous songerez à autre chose qu'à
avoir une figure maussade, les Indes seront au
cap de Bonne-Espérance... Assieds-toi là, ma
nièce, et déjeûnons... Vite, madame Bassan,
une tasse pour cette enfant. »

Il était sensible, — même pour l'esprit inex-
périmenté de cette jeune fille, que quelque

chose était dérangé dans les habitudes de cet étrange ménage. Elle vint s'asseoir près de son oncle, en adressant à sa tante un regard caressant et de remercîment.

Après les premières bouchées mangées en silence :

« Ah ! ces gueux d'Indiens ont brûlé l'habitation de M. Thomson ?

— Oui, mon oncle...

— Il était assez dur aux pauvres noirs... »

La nièce effleura de son regard furtif le visage de Bassan.

« Et toi, petite, tu as demandé l'aumône dans *Norfolk ?...*

— Oui, mon oncle... — Elle rougit et passa la main sur ses yeux qui se mouillèrent de larmes.

— La galette de maïs, cuite sur la cendre, au foyer de la case, est encore préférable aux bribes recueillies par l'aumône !...

— C'est vrai, — murmura Mme Bassan.

— C'est vrai, madame Bassan, c'est vrai !...
Vous êtes bien conciliante ce matin... Mais ce
qui est plus vrai encore, c'est que vous fûtes
une bête en empêchant la femme de l'armateur
Choisy d'adopter cette petite et de l'emmener
à Cayenne;.. vous lui auriez épargné des jours
de misère.

— Elle n'est ma nièce que de votre fait...
J'aurais craint de paraître vouloir éloigner de
vous une parente, la seule qui restât de votre
famille... »

Bassan ne répondit rien. Après une pause :

« Et puis, un beau matin, comme l'oiseau
voyageur, te voilà, fillette, prenant ton vol
vers Laferté-sous-Jouarre !... Joli voyage !
Qu'est-ce que c'est que ce constructeur de navires dont tu as dit deux mots hier soir et
qui t'a facilité le passage? »

Si le propriétaire de Rouge-Bourse n'avait

suivi cette conversation en vue seulement d'une
idée qu'il n'avait point encore démasquée, il
aurait remarqué l'effet produit par chacune de
ses questions ; mais, attentif à tout autre sentiment qu'à celui exprimé par ses paroles, il ne
regardait même pas la jeune fille, et ne s'aperçut
pas de la pâleur qui marbra son visage à la dernière interrogation qu'il venait de lui adresser.
Elle se taisait. Il reprit, sans y mettre ni humeur ni trop d'insistance :

« Est-ce qu'il est resté en France ?

— Non, mon oncle. » Et à la pâleur suc-
céda la rougeur, parce que les larmes vinrent
une fois encore rouler en perles jaillissantes
sous ses longs cils.

Impressionnable et délicate nature, toutes
ses émotions se reproduisaient en rapides et
changeantes couleurs sur son visage de seize
ans ; la discrétion la plus légitime et la plus
pure lui était même interdite ; ce que taisait sa

bouche, son visage, par coloration ou pâleur, le disait aussitôt.

« Est-il Français ?

— Oui, mon oncle.

— Habitant de Norfolk ?

— Non, mon oncle... Appelé à Norfolk par une compagnie américaine... il résidait à Phi-ladelphie.

— Son nom ?

— Solmignac.

— Je ne connais pas ce nom... » — Alors, revenant tout-à-coup au but que lui indiquait son incessante préoccupation. — « Comment avez-vous connu mon séjour en France et dans ce coin perdu de la terre ? »

L'oncle et la tante regardèrent leur nièce ; elle répondit sans trouble et en toute naïveté :

« La dame qui m'avait recueillie comme

ouvrière était la veuve d'un chancelier de con-
sulat français en *Pensylvanie ;* elle avait des
correspondances à Paris, au ministère des af·
faires étrangères, pour des réclamations d'avan-
ces faites par son mari. Elle a écrit pour avoir des
nouvelles de ma famille. Après neuf mois, le
ministre lui a désigné le lieu de votre rési-
dence. »

Les époux Bassan se regardèrent. Ces paroles
si naturelles, prononcées avec tant de calme,
avaient passé comme une lame glacée sur le
cœur ; ils comprenaient toute la portée de cette
mise sur leurs traces.

Moins maître de lui à mesure que la réflexion
lui éclaircissait la possibilité d'un danger, Bassan jeta son pain sur la table, se leva, et d'une
voix furieuse :

« Je veux que le tonnerre m'écrase si je
comprends quelque chose à la fatalité des évènements !... »

Laure fit un bond sur sa chaise et témoigna

un grand effroi. Mme Bassan, par des cligne-
ments d'yeux et des mouvements de mains, in-
vitait craintivement son mari au silence.

« Oui, vous, là-bas, faites-moi le télégraphe
avec vos doigts d'araignée ; il est bien temps !
— s'écria encore l'odieux vieillard. — Vous
avez une nièce qui ressemble à une chipie de la
rue Saint-Denis et qui vous met en rapport avec
des ministres ! Je vous conseille d'être fière,
madame la châtelaine de Rouge-Bourse !... il y
de quoi... et cela vous mènera loin !.. Savez-
vous où cela vous mènera ?... »

Le mot allait lui échapper, tant la colère *lui
montait.*

« Taisez-vous ! — cria sa femme avec la
netteté d'un terreur raisonnée ;—taisez-vous!...
Il est impossible de perdre le sens plus facile-
ment que vous ne le faites!.. Vous m'entendez,
n'est-ce pas, monsieur Bassan ?... Je suis pru-
dente, moi !...

— C'est vrai, » *fit* cet homme avec stupeur, en éteignant ses regards et les laissant tomber hébétés vers la terre.

La jeune fille s'égarait au milieu des termes de cette violence dont rien ne lui expliquait la cause ; elle restait anéantie.

« Petite !... — reprit son oncle avec un changement étrange dans le son de sa voix, — tu t'appelles Laure ? Je me rappelle bien le nom de Laure, ta mère...

— On m'a dit que c'était du nom de ma marraine... »

Bassan se mordit les lèvres au point de les faire saigner, si elles eussent été sanguines. Sautant par dessus l'idée qui lui suscitait cette contraction :

« Tu t'appelles encore *Antoinette*, du nom d'*Antoine*, ton père ?.. Je ne te connais plus que sous le nom d'*Antoinette*... Si tu te souviens

d'un autre nom, je te chasse!... Vous entendez,
madame Bassan?... c'est votre nièce Antoinette
que vous avez là devant vous, comme une momie d'Égypte... Ce n'est déjà pas un si vilain
nom... Allons, voilà qui est dit, c'est un second
baptême sans eau salée... Vite, levons le siége.
Montrez à cette enfant en quoi elle peut vous
être utile, apprenez-lui le train-train de la maison... et n'oubliez pas que j'ai des plantations à
faire ; il me faudra des terrassiers. »

Il sortit.

La jeune fille, qu'il faut bien désormais ap-
peler *Antoinette*, puisque, par mesure de précaution sans doute, son oncle jugeait à propos
de lui interdire le nom auquel elle était habi-
tuée, Antoinette Bassan, cédant à un sentiment
de détresse qui lui faisait souhaiter une protection, courut à sa tante, se jeta à son cou en fon-
dant en larmes et lui cria avec désespoir :

« J'ai donc bien mal fait de ne pas vouloir

mourir de misère loin de la France et loin de mes parents ! »

La dame Bassan ressentait une vague inquiétude, une sourde irritation en revoyant cette enfant qui l'avait connue en Amérique ; mais à cet instant, ébranlée par cette douleur si peu méritée, par cette voix suave que brisaient les sanglots, par l'angoisse répandue sur ce jeune et charmant visage, elle saisit sa nièce dans ses bras, l'embrassa et lui dit tendrement :

« Pauvre chère petite !... les Bassan n'ont jamais été bons ! tu seras meilleure qu'eux... Tu ne voudras pas causer du mal à ta tante, n'est-il pas vrai ? tu me le promets bien ?

— Moi ! grand Dieu, vous causer du mal !... Et pourquoi ?

— Ta seule question me rassure... Voyons, essuie tes larmes, ne laisse plus ainsi s'échapper ta douleur... il y a du danger ici...

— Comment ?

« — Oui... plus tard, dans un autre moment, nous causerons.. M. Bassan est un peu brusque;.. il est là, dans la cour, je ne puis pas te dire tout ce qu'il te faudra savoir... Voyons, parlons ménage, et, dans le peu de soins à prendre dans ce pauvre logis, cherchons ceux que tu pourras te donner pour me seconder. »

C'est ainsi que Laure, devenue *Antoinette*, fit la première expérience de la vie en famille.

Antoinette.

IV.

Une jeune fille bien pauvrement vêtue sui‑
vait un matin les bords sablonneux de la rivière
l'*Élisabeth*, — dans l'ancien *Pouhatan* de la
Virginie indienne, — aujourd'hui comté de
Norfolk.

La jeune fille se baissait fréquemment et

paraissait occupée à chercher au milieu des graviers un caillou préféré ; malgré l'attention qu'elle y apportait, il était visible que son esprit n'était pas distrait de l'impression d'une grande peine, car de grosses larmes roulaient le long de ses joues, de fréquents sanglots coupaient sa respiration.

Elle avait marché ainsi pendant près de trois quarts d'heure, emplissant à grand'peine un petit sac en cuir pendu à la ceinture de son jupon de cotonnade rayée par trois couleurs, lorsqu'elle aperçut devant elle un homme vêtu avec le *cumfort* d'un maître-ouvrier ou entrepreneur : il annonçait environ soixante ans, était de haute taille, avait une apparence de vigueur toute juvénile, un visage mâle, une physionomie ouverte, et, sous la large passe du chapeau de paille qui ombrait sa face basanée, on voyait briller des yeux noirs d'une expression à la fois ferme et douce.

« Que ramassez vous donc, petite ? » demanda cet homme en anglais, mais avec cette incorrection d'accent qui dénonce aussitôt l'inhabileté française.

La jeune fille fut frappée de ce langage mal naturalisé, elle sourit un peu et répondit en bon et pur français:

« Je cherche *des cailloux de diamant* pour les vendre aux vitriers de Norfolk.

— Une Française !... à la bonne heure !» — s'écria le passant en prenant, tout heureux, l'idiôme des bords de la Seine; — «nous nous entendrons bien mieux !... » — Il s'approcha et considéra la jeune fille avec attention, avec une tristesse croissante : «Une Française dans la Virginie !... une mendiante de France !...

— Vous avez dit vrai, monsieur..... » — La mendiante pleura davantage.

« De quelle province française ?

— Je l'ignore.....

— Votre nom ?

— Laure Bassan.

— Comment êtes-vous venue dans ce comté ?

— Amenée dans ma première enfance par mon oncle, frère de mon père... laissée par lui, lorsqu'il quitta les environs de Norfolk, dans l'habitation de M. Thomson... Les noirs ont brûlé l'habitation ; et M. Thomson, ruiné, m'a livrée à la pitié publique...

— Quel âge avez-vous?...

— Bientôt dix-sept ans...

— Que savez-vous faire ?

— Tout ce qu'une jeune fille pauvre doit savoir: coudre, tenir un ménage, — soigner les vers à soie...

— Dieu qui regarde en France, voit aussi bien ce qui se passe en Virginie... Il vous a regardée, puisqu'il m'a amené devant vous... Jetez ces cailloux; ne pleurez pas, surtout... Il est inutile de gonfler et rougir des yeux qui seraient si purs et si jolis... Jetez ces cailloux, vous dis-je ; les vitriers trouveront sans vous de quoi couper leurs carreaux. Retournez tranquillement à Norfolk, allez m'attendre dans l'église de Sainte-Élisabeth ; dans deux heures, j'y serai... Avant de me quitter, voyons votre main?... Un peu courte, mais gentille... Vous avez les ongles courts et carrés, c'est l'indice d'un labeur pénible... Vous serez heureuse après quelques efforts. . Quittons-nous, et allez m'attendre. »

Lorsque la jeune fille retira sa main, elle y trouva deux guinées ; et l'homme bienfaisant lui tournait le dos en s'éloignant rapidement.

Être malheureuse et avoir à attendre dans une église ! Quelle est l'âme souffrante qui n'ait été consolée ayant un rendez-vous avec Dieu ! Laure Bassan s'agenouilla, inclina son front sur la dalle et pleura doucement et long-temps !

« Venez, mademoiselle, » dit une voix auprès d'elle.

Elle se releva, fit en se signant une révérence à la statue d'Élisabeth, et suivit celui
qui l'avait fait venir en ce lieu.

Tous deux marchèrent sans mot dire. Arrivés devant une petite maison de bien modeste
apparence, le guide de Laure leva un marteau
de cuivre, frappa deux coups; une servante
vint ouvrir et introduisit aussitôt les visiteurs
dans une salle basse où se tenait une dame de
trente ans environ.

« Madame Tomson, je vous présente la
jeune fille en question.

— J'aurai d'autant plus confiance en vous,
mon enfant, que vous êtes dans l'abandon et
la pauvreté; c'est à mes yeux la recommanda-
tion la plus sûre après celle du bon M. Solmignac. »

Ces paroles furent prononcées avec bonté.

« Laure Bassan, — dit le présenteur.

— Eh bien! Laure Bassan, vous allez vous

installer chez moi ; vous me tiendrez compagnie, car je suis bien triste ! Vous aiderez aux soins de la maison, quant aux travaux d'aiguille... Nous causerons de la France... du moins je vous en parlerai, car il paraît que vous l'avez quittée au premier âge. C'est dit, vous voilà installée.

— Ah ! madame !... » s'écria Laure en pleurant. Puis, ramenée par le sentiment vrai de la gratitude, elle se retourna vers son guide providentiel ; mais, suffoquée, elle ne put lui parler, et lui saisissant une main, elle la couvrit de ses baisers et de ses larmes.

Ce brusque changement dans la position de la jeune mendiante se faisait sous de trop bons et de trop purs auspices pour qu'il ne fût pas heureux et n'offrît pas des chances de durée.

Laure Bassan, dans l'intimité de Mme Tomson, — car il ne convint pas à sa maîtresse de la faire descendre aux devoirs de servante ;— Laure, en bien peu de temps, fit son éduca-

tion auprès de cette veuve, dont les formes
parfaites, le caractère digne et bon, conser-
vaient dans sa vie humble et oubliée les habitudes de distinction qui, dans le monde,
attirent l'estime et la sympathie.

Sous cette influence, Laure redevenait tout
ce que la nature lui avait permis d'être, —
vraiment charmante.

Petite de taille, ravissante par les voluptueux
et gracieux contours de ses formes, tout-à-fait
remarquable par le plus joli visage, elle présentait en sa personne un ensemble de séduc-
tion qui bientôt était ennobli par un indéfi-
nissable caractère de candeur et de dignité ;
car si le modelé charmant de ses joues dessi-
nées en oval arrondi, si le dessin admirablement
délicat de ses lèvres ni fortes ni trop fines, si
leur vive coloration, si le carmin de ses joues
aux chairs veloutées et soyeuses, si ses yeux
noirs peu fendus, mais saillants, mais nageant
dans une humidité toute brillante; si ses cheveux noirs, arrangés en simple bandeau, qui

ornaient et encadraient avec bonheur un front
beau et intelligent, — si tout cela, et une voix
harmonieusement timbrée, faisait vibrer spontanément les sensations de tout homme attentif,
et éveillait un ardent amour, pour tout homme
aussi digne de ressentir une passion puissante
et élevée, il y avait dans cet idéal concours de
perfections un je ne sais quoi de suave, de
digne, de calme, qui, en modérant les trans-
ports des sens, portait l'admiration jusqu'au
respect.

Rien d'exagéré dans ce portrait de la jeune
fille; et cela explique le prompt intérêt qu'elle
avait inspiré à l'homme qui l'avait rencontrée
sur les bords de la rivière l'Élisabeth, aussi bien
qu'à Mme Tomson.

Il y avait trois mois environ que Laure Bassan était en quelque sorte adoptée par la veuve
de l'agent consulaire de France à Philadelphie,
lorsque M. Solmignac entra un soir, montrant
sur son expressif visage une grande joie.

« Vous ne savez pas la nouvelle que j'apporte?... Mon fils Louis arrive cette nuit à Norfolk!...

— Votre fils, mon bon Solmignac!

— Oui, madame, mon fils, mon bon *Louis!...* brave enseigne de la marine royale de France; il est à bord du vaisseau *l'Hercule*, commandant *Casi*.

— Un vaisseau de France dans ces parages!

— Non... mais *l'Hercule* est entré dans la *passe-neuve* de *Philadelphie*, et mon fils a obtenu un congé de deux mois, profitant d'une goélette américaine qui entrera cette nuit dans la baie de *Chesapeack*... Vous jugez de ma joie! Mon brave Louis, mon fils unique! que je n'ai pas vu depuis huit ans! et dans ces huit ans, le combat de la *Vera-Cruz* qui l'a fait membre de la Légion-d'Honneur et enseigne!...»

Mme Tomson pleurait amèrement, car son

deuil était récent; et cette joie si vive et si légitime d'un père qui va revoir son enfant, son orgueil et son espoir, lui rappelait qu'elle avait perdu, elle, l'objet de ses affections, son appui, son espoir...

M. Solmignac s'aperçut de l'effet produit par son bonheur, il comprit bien vite qu'il fallait en modérer l'élan ; car, dans la tourmente humaine, il n'y a pas une félicité qui ne porte, comme un contre-coup funeste, sur une douleur qui est à côté !

Louis Solmignac.

V.

La nouvelle apportée par M. Solmignac chez Mme Tomson était vraie : la goélette *la Caroline* mouillait dans la baie de *Chesapeack*. Le lendemain, dès la pointe du jour, elle mettait à terre cinq passagers parmi lesquels un jeune homme de vingt-cinq ans environ, vêtu du costume de la marine royale de France.

I.   .   5

Le bâtiment était signalé par la vigie du port depuis la veille au coucher du soleil; mais, aussi attentif que la vigie, M. Solmignac avait attendu sous la brume la première embarcation envoyée par la goélette, et lorsqu'une yole portant les cinq passagers vint à ranger la côte, le digne monsieur s'était précipité dans les bras du jeune marin français.

M. Solmignac est né dans le département du Morbihan, à Lorient. Il a fait partie des glorieux équipages de ligne de l'Empire. La Restauration avait reçu sa démission de lieutenant de vaisseau en 1815, et dès cette époque, se livrant aux études de construction navale, il était parvenu à acquérir une réputation tellement brillante dans cette science, que les Anglais avaient souvent consulté son talent.

Au moment où il embrasse son fils sur le port de *Norfolk*, il réside en cette ville pour suivre des constructions commandées par une imposante compagnie anglo-américaine. Un hasard rapproche, après huit ans de séparation, le père et le fils. Le fils est devenu un homme; il a conquis son grade : il est légionnaire! dignité avilie dans la vie civile, mais encore honorée sous les drapeaux.

Le père Solmignac est transporté en considérant ce grand beau jeune homme au teint basané, aux traits accentués, à la physionomie à la fois rêveuse et hardie, impressionnable et généreuse. Il voit avec bonheur, respectueusement découvert devant lui, ce jeune front bien éclairé, intelligemment accidenté, déjà plissé par la sévérité du commandement.

« Mon fils! — criait le père en reprenant pour la vingtième fois dans ses mains la tête de son enfant, — combien larguons-nous de voiles pour faire le congé?

— Trente voiles, mon père.

— Trente, c'est bien peu !... J'avais cru soixante.

— Le commandant *Casi* m'a ordonné de *rallier* le trentième jour...

— Enfin je n'irai pas *passer sous le beaupré* de ton commandant pour satisfaire une exigence de père; c'est une impolitesse que je ne me permettrai que le jour où il cessera d'apprécier mon brave Louis!...

— Le commandant m'aime beaucoup, mon père...

— Difficile! un jeune loup qui s'en va gagner la croix d'honneur sur les talons du prince de Joinville, au milieu des débris d'une porte de ville qui saute en l'air !... Le capitaine de *la Créole* a vaillamment fait les choses, à ce qu'il paraît?

— Le prince fait l'admiration de la marine, mon père! Nous l'adorons tous!... et le jour de la prise de la Véra-Cruz, notre illustre amiral Baudin n'a eu qu'une peur, je vous le jure : c'est que le fils du roi fût trop brave...

— Nous causerons de tout cela pendant trente jours et tous les jours. A cette heure, Louis, il faut mettre le grand uniforme et venir saluer la veuve d'un des agents de la France dans les états de *l'Union.* Mme Tomson vit ici bien modestement, mais à Paris elle serait une femme distinguée, comme elle l'est à Norfolk... Et puis, mon garçon, il ne faudra pas manquer, une fois dans la maison de la digne dame, de *faire prendre un ris* à ton cœur, afin qu'il ne mette pas trop de voiles dehors... Près de Mme Tomson, tu remarqueras, mon fils, une petite Laure Bassan, pauvre allouette que j'ai rencontrée traînant son aile sur les sables de la rivière l'Élisabeth : c'est une enfant du malheur, qui, par accident, a été élevée dans la case du riche ; elle en a les instincts, et sur sa gentille personne on voit répandu un air de bonne maison, tout inquiétant pour un marin de ton âge... C'est à l'occasion de cette petite qu'il te faudra *ferler* tes voiles... M'as-tu compris?...

— J'y mettrais de la mauvaise volonté, mon père. Vous m'avez dit, en propres termes : Je vais te mener dans une maison où se trouvent

deux femmes : de l'une, je ne te dis rien ;
quant à l'autre, elle est tellement jolie que je
ne veux pas que tu y fasses attention... C'est
compris. »

*En songeant qu'il faut qu'on l'oublie, on
s'en souvient,* — a dit *Montcrif;* en songeant
qu'il ne faut pas regarder une jolie femme, on
la regarde. C'est ce qui arriva à Louis Solmignac lorsqu'il fut présenté à Mme Tomson. Il
est vrai de dire que, rendue par les soins affectueux de sa bienfaitrice aux habitudes, au
bien-être de l'aisance bourgeoise, Laure Bassan, déjà si séduisante sous les cotonnades déla-
brées qui composaient son vêtement d'indigente, avait pris bien vite les dehors élégants
et distingués de la fille du riche.

Laure Bassan était douée d'un instinctif penchant pour le poli des mœurs, du maintien et
du langage. Fleur réellement exotique, chaque
fois que la rigueur du sort la plaçait au milieu des végétations infimes ; aussitôt qu'elle

se voyait transplantée dans des lieux conformes
à sa nature, elle laissait sa tige flexible reprendre sa naturelle élégance; elle se vivifiait de
tout ce qui pouvait s'harmoniser avec la délicatesse de ses organes; elle se colorait au ton
des fleurs les plus précieuses, les plus recher-
chées; et, chaque jour davantage, elle complé-
tait ce témoignage, que la Providence peut se
complaire à démentir l'orgueil des castes exclu-
sives et privilégiées, en répandant tous ses
dons sur un être d'une condition dédaignée.

La prudence de M. Solmignac produisit,
comme cela ne pouvait manquer d'arriver,
l'imprudence du jeune marin. Il habitua son
regard aux douceurs enivrantes du regard de
Laure; et, peu verbeux, comme sont en général les marins, il écouta attentivement tout ce
que disait, sans le secours de la parole, l'élo-
quente physionomie de la jeune fille. Fut-il
écouté avec une égale attention? sa physionomie, à lui, eut-elle l'expressive indiscrétion qui
appelle la sympathie, puis l'amour? — Il faut

le penser ; car un soir, sur cette même plage où M. Solmignac l'avait abordée, Laure Bassan se prit à fondre en larmes, et soutint sa marche devenue chancelante en s'appuyant un peu davantage sur le bras de Louis.

Le jeune homme, tout troublé, s'arrêta, et prenant doucement les mains de Laure :

« Dis-moi, adorée enfant, — lui dit-il d'une voix toute vibrante d'amour et de tristesse, — te fais-tu une idée de la parole d'honneur d'un honnête homme ?

— C'est le serment devant Dieu, monsieur Louis...

— Donc, tu aurais foi dans un pareil serment ?

— J'y aurais foi, s'il était prononcé par vous.

— Je t'ai dit que tu m'es plus chère que la vie !...

— Vous l'avez dit...

— Je t'ai dit encore que je t'aimerai toujours !...

— Vous me l'avez juré.....

— Je jure encore, devant ce ciel qui m'entend, en présence de la créature la plus parfaite qui jamais ait troublé mon âme, de revenir à toi, dès qu'il me sera possible de te dire.
Sois ma femme !

— Hélas ! monsieur Louis !

— Doutes-tu de moi ?

— Mais la mer, mon Dieu !... mais les dan-
gers !... mais l'absence ! » s'écria la jeune fille
avec une voix brisée par les sanglots.

« Laure, — reprit le jeune Solmignac d'une
voix ferme, — le vaisseau à la cape, battu, mutilé par la tempête ou par le boulet, défiguré,
n'offrant plus que l'informe souvenir de sa
puissance et de sa majesté, est encore le vais-

seau, tant qu'à son mât flotte son pavillon !...
il meurt quand tombe le pavillon... Et moi,
perdu sous les brumes de l'orage, dans la fumée
du combat, dans les lointains des hémisphères
polaires, s'il faut que mon vaisseau m'y conduise; moi, tant que mon âme battra dans ma
poitrine, je serai toujours ton amant ; car ton
image, *flamme* indestructible, flottant sans cesse à mes regards, me rappellera mon serment
et les charmes qui me l'ont inspiré !... »

Entre deux sanglots, entre deux larmes, un
idéal sourire vint illuminer le visage de la jeune
fille.

« O vous ! qui parlez ainsi, — dit-elle avec
une voix tout empreinte d'une harmonieuse
mélancolie, — n'oubliez jamais que de si douces
paroles ont été adressées par vous à un cœur qui
n'aura qu'une croyance, qu'un amour, et qui
mourra dans cet amour !... Mais enfin, vous
partez !... — reprit-elle avec une impatience
douloureuse, — et votre père, qui n'est pas de

ce pays, partira aussi... Tous deux vous vous retrouverez en France!... Eh bien! et moi, que deviendrai-je?... moi, je serai en Amérique!...

— Où viendra te prendre Louis Solmignac, capitaine de vaisseau, peut-être!...

— Quand cela?...

— Bientôt, car on parle de guerre...

— Dites cela pour me rassurer, pour calmer mon effroi! dites, je reviendrai bientôt, car on parle de *mort*!... Mais vous ne voyez donc pas que vous brisez mon espérance en rattachant la guerre à notre union!... Quand à cette même place, monsieur Louis, je fus rencontrée par votre père, j'étais bien malheureuse!... Mais au milieu de mes souffrances, j'entrevoyais un point plus brillant dans l'avenir de ma vie. Vous êtes venu!... Cette étoile, c'est vous!... Mais mon étoile va fuir à l'horizon, et demain, à pareille heure, plus rien pour éclairer ma pensée, pour échauffer mon cœur!

— Tu te trompes ! — s'écria le marin en la saisissant hardiment dans ses bras ; — ce baiser sur tes chastes lèvres vivra long-temps pour animer tes sens et te rappeler mon amour... »

Cette caresse trop expressive, la première qu'eût encore osé se permettre le jeune Solmignac, fit fléchir Laure Bassan ; elle tomba sur ses genoux.

« Mon Dieu ! — dit-elle avec une passion inspirée, — brûlez ma bouche du feu éternel, si jamais j'oublie que j'ai juré de l'aimer !... »

Tant de chaudes paroles, sous l'influence de ce beau ciel de la Virginie, avaient toute la puissance de la vérité. Leur exagération romanesque, si elle eût été prononcée au milieu des banales émotions de nos villes, aurait pu inquiéter sur leur sincérité ou leur durée... mais Louis Solmignac était né poète et une énergique probité donnait un sens vrai à sa poésie ; mais Laure Bassan était née pour aimer et penser, et au milieu de ces mœurs coloniales, dont un ciel inspirateur échauffait le langage, elle avait appris à exprimer vivement les sentiments dont son honneur garantissait la fidélité.

Ce n'était pas vers la goélette *la Caroline* que le lendemain, vers quatre heures de l'après-midi, se dirigeait un canot dont les douze nageurs portaient le *tout-rond* français, mais vers un magnifique *soixante-quatorze* qui, depuis une heure au plus, arrivé dans la baie, courait de petites bordées en faisant des signaux de ralliement; et, dans ce canot, debout, faisant flotter son mouchoir au vent, un officier portant l'épaulette d'enseigne; et sur le môle, un peu à l'écart de la foule accourue pour voir un beau vaisseau de ligne sous pavillon français, M. Solmignac, Mme Tomson et Laure Bassan.

Le secret de la pauvre jeune fille était révélé. Peut-on se tromper à la souffrance d'un grand amour!

A peine le canot eut-il rangé le vaisseau à tribord, on vit celui-ci faire comme une halte; puis le petit foc déploya sa surface triangulaire;

une colonne de fumée blanchâtre, suivie d'une forte détonation, se déroula sur les vagues : c'était le salut de partance. La nappe du petit hunier tomba et pesa, gonflée par la brise, sur le mât de misaine. Le vaisseau *l'Hercule* tourna sur sa quille, présenta au vent son flanc armé, et reprit sérieusement le joug du gouvernail au moment où toutes ses voiles éventées se précipitèrent ensemble de toutes les vergues.

A ce moment, le vaisseau marcha sous tous ses épars; et bientôt l'étoile de Laure Bassan disparut à l'horizon.

Le retour en France.

VI.

On ne comprend bien à quel point l'on aime que lorsqu'on est séparé de l'objet aimé.

Louis Solmignac sans doute en fit l'épreuve lorsqu'il vit son vaisseau l'emporter en pleine mer. Pour Laure Bassan, son premier et rapide amour se révéla à elle avec toutes les angoisses, toutes les larmes d'une grande pas-

I.   6

sion souffrante. Dès que *son étoile* eut disparu
à l'horizon, oublieuse des regards qui surveil-
laient ses mouvements, elle jeta sa tête dans
ses mains en criant d'une voix éperdue:

« Mon Dieu! que ce ne soit point un rêve
cruel! »

M. Solmignac et Mme Tomson restèrent
muets devant cet éclat d'un amour si sincère
et si affligé ; ils ne se sentirent pas le courage,
l'un de reprocher la tendre attention accordée
à son fils, l'autre de prononcer un blâme sévère
contre un sentiment qui naît sans qu'on l'appelle, dont l'action est imprévue, dont la puissance domine les spéculations des convenances,
les résistances même de la vertu.

Mme Tomson était douée de la bonté vraie
qui n'a pas besoin de pruderie pour être pure;
elle fit une part intelligente à ces douloureux regrets, à ces pleurs de la jeune fille, et encou-
rageant par son indulgent silence, par ses regards attendris, la confiance qui soulage et

console, elle adressa bientôt à sa protégée de
ces mots qui cicatrisent la plaie du cœur, qui
essuient les larmes et calment les sanglots : elle
ne lui donna pas d'espérance, mais, par pitié,
ne lui opposa point d'impossibilité.

M. Solmignac, non-seulement observa les
mêmes ménagements, mais ne voyant en cette
affaire autre chose qu'une *amourette*, il ne
craignit pas de s'en montrer plus affectueux,
plus paternel, pour la pauvre jeune fille qui lui
confirmait que son fils méritait d'être aimé.

Laure, au contact de ces deux indulgences,
reprit d'abord un peu de calme, de sérénité ;
son amour se nourrissait en silence et avec bonheur de la présence de M. Solmignac, dont
Louis était la jeune et fidèle image ; elle ne
parlait que discrètement et sans trouble apparent de l'objet de ses incessantes préoccupa-
tions, car la présence du père de son amant
trompait ses inquiétudes et donnait une demi-
satisfaction à son cœur.

Tout-à-coup M. Solmignac annonça son dé-

part pour la France : le directeur des constructions navales de France l'appelait à Brest ;
une compagnie l'appelait au Havre.

A cette nouvelle, Laure Bassan ressentit
une si douloureuse secousse que ses jeunes organes en furent tout troublés. Elle n'eut plus
ni mesure, ni résignation, ni prudence. D'abord,
elle demanda, encore timidement, à sa bienfaitrice s'il lui serait possible de retourner en
France ; et, comme il lui fut répondu que ce
voyage sans motif et sans issue était inexécu-
table, elle finit par déclarer, en tombant désespérée aux genoux de Mme Tomson, que le
jour du départ de M. Solmignac serait celui
de sa mort.

Mme Tomson accueillit sévèrement cette
manifestation hardie, qu'elle taxa de folie et
de noire ingratitude ; elle ordonna à Laure,
sous peine d'être immédiatement renvoyée de
sa maison, d'étouffer en son âme les germes
d'une rébellion aussi inconvenante, aussi cou-
pable ; et cependant, à tout évènement, s'ins-

pirant encore de sa bonté constante, elle écrivit secrètement au chef de la direction des consulats, au ministère des affaires étrangères de France, et sollicita un renseignement sur une famille Bassan, originaire de France, ayant habité en Pensylvanie et dans la Virginie américaine.

Un hasard facilita la réponse. Le sous-préfet de Meaux, en réclamation pour un de ses administrés devant cette direction des consulats, eut avis de la recherche concernant les Bassan, et révéla leur installation près de la Ferté-sous-Jouarre, dans le château de *Rouge-Bourse*, à eux appartenant.

Cet avis, transmis à Mme Tomson, par un bâtiment parti de France, en quelque sorte *courrier* pour *courrier*, n'arriva à Norfolk qu'au moment du rétablissement de M. Solmignac, subitement atteint d'une fièvre typhoïde et retenu trois mois au lit des suites de ce mal.

Il y eut entre le père du jeune enseigne de *l'Hercule* et Mme Tomson une sérieuse conver-

sation pour statuer sur le sort de Laure Bassan.
M. Solmignac accepta la responsabilité de la
jeune fille, et, sans se rendre bien compte du
motif qui le portait à la ramener en France, il
fit entrevoir à Mme Tomson les conséquences
que plus tard pourrait avoir le développement
de la passion de Laure, si elle venait à se
convaincre qu'en France elle trouverait le bonheur.

« Croyez-moi, — disait-il, — ayez le courage
de vous défaire de l'habitude que vous avez
déjà prise auprès de cette enfant; ne vous faites pas une nécessité d'une intimité qui ne sau-
rait avoir que la durée d'un accident... La tête
de cette petite est montée : dans trois mois,
plus ou moins, ce sera un enfer; et elle vous
échappera par la mauvaise porte... Il vaut beaucoup mieux la rendre intacte à sa famille... et,
en définitive, puisqu'il y a un château là-bas,
laissez-la jouir de la vie de château, plutôt que
de la retenir malgré elle. .. Ce n'est pas sa fa-

mille, c'est mon fils qui lui tourne la cervelle. Qu'importe ! le grand Océan ne vient pas jusqu'à la Ferté-sous-Jouarre ; le vaisseau *l'Hercule* n'ira jamais jeter l'ancre dans la Marne ; je suis donc très-tranquille de ce côté... C'est dit, je l'emmène. »

Par un sentiment d'égoïsme assez explicable chez une femme que son penchant ou la manie retenait loin de son pays, et qui avait trouvé un moyen de se rappeler la France à l'aide d'une causerie française à ses côtés, Mme Tomson résistait beaucoup à laisser Laure Bassan s'éloigner de sa maison ; mais enfin la réflexion lui démontrant que son autorité pourrait être vaincue par la première résistance sérieuse de la jeune fille, et redoutant réellement, pour le calme et la dignité de son intérieur, les suites d'un amour malheureux, elle donna son consentement à ce départ.

La séparation de Mme Tomson et de Laure une fois convenue, le départ pour la France une fois bien arrêté, Laure redevint ce que sa

nature sensible et douce voulait qu'elle fût :
elle fit une place dans son cœur, empli par la
joie et l'espérance, pour la tristesse de sa bienfaitrice, et trouva dans l'expression de ses regrets, que combattait tout bas son bonheur intime, des mots charmants, des consolations
douces et pénétrantes, qui révélèrent à
Mme Tomson tout ce que pourrait valoir la
gracieuse jeune fille lorsqu'elle se trouverait
placée sous l'influence inspiratrice d'un amour
heureux et partagé.

La gabarre *la Calypso* mit à la voile pour le
Havre, emportant vers *sa terre promise* la femme
aimée de Louis Solmignac.

On a vu l'entrée de la jeune fille dans le
château de Rouge-Bourse et la réception qui
lui a été faite; on se rappelle que, par ordre
de son oncle, elle a dû renoncer à ce nom de
Laure qu'elle avait tant de plaisir à entendre
prononcer par une bouche adorée, et que désormais il ne lui est plus permis de répondre
à un autre nom qu'à celui d'*Antoinette*.

Les journaliers.

VII.

Le dernier mot jeté par M. Bassan en quittant sa cuisine, après le premier déjeûner fait
avec sa nièce, avait été l'avis à Mme Bassan de
chercher des ouvriers pour des plantations et
des terrassements.

« Allons, ma nièce, — dit la châtelaine de
Rouge-Bourse en jetant sur ses épaules aiguës

un châle de laine noire troué et taché à plusieurs places, — nous allons flâner sur la
route d'Allemagne pour y attendre des ouvriers. »

Antoinette, incapable d'apprécier le caractère réel de tout ce qu'elle voyait et entendait,
suivit sa tante avec une docilité toute passive et
toute muette. Arrivée sur la grande route, elle
s'assit au pied d'un arbre, et bientôt, malgré
l'anéantissement de ses idées, remarqua la sollicitude qu'apportait Mme Bassan à épier au loin-
tain de la route les piétons qui pouvaient se
diriger vers la Ferté-sous-Jouarre. Après trois
heures d'attente, deux hommes se présentèrent:
l'un, âgé de vint-cinq ans environ; l'autre,
ayant atteint la soixantaine: ce dernier, de taille
un peu au-dessous de la moyenne, aux proportions
délicates ; souple et agile dans son allure, au
visage effilé, aux yeux petits, très-rapprochés du
nez, doucereux et caressant pour ceux qui
n'ont jamais regardé le chat-tigre engourdi
par la digestion du repas; sa lèvre, très-fine,

très-pincée, portait tous les plis de la ruse, de
la perfidie ; son teint blanchi, moins par l'âge
que par bien des genres de fatigue, était jaspé
de tâches jaunâtres et marqué, aux pommettes
saillantes des joues, par deux points d'un rouge
assez vif; sa voix, lorsqu'il parla, avait, malgré
des sons aigres et fatigués, des cordes douces et
traînantes qui pouvaient bien ne pas être naturelles à l'organe. Le compagnon de cet homme
était bien découplé, taillé en force ; il avait la
physionomie insignifiante et lourde de l'ouvrier
qui porte une pioche et ne songe à autre chose qu'à s'en servir pour gagner le pain de sa
journée.

Le vêtement de ces deux piétons était celui
d'ouvriers en marche ; chacun d'eux avait un
petit paquet fermé d'un mouchoir de couleur
et passé dans le manche de la pioche ; un chapeau de paille, à large passe, ombrait leur
visage.

« Ces messieurs vont-ils chercher de l'ouvrage ? demanda Mme Bassan.

— Sans doute, la vieille; en avez-vous à nous
procurer dans votre château ?

— Pourquoi non ?

— Un château de trente pouces de large, de
six pieds de long, sur cinq de profondeur, c'est
bien petite besogne pour des gaillards qui ont
la dent aiguë.....

— Combien demandez-vous pour huit jours
de besogne, nourris et logés?

— Cinquante sous la journée, » dit le petit
homme qui n'avait point encore parlé.

« Trente sous sans discussion, ou bien allez
chercher fortune ailleurs... Il y a de la meulière
à tailler à la Ferté. »

Les deux ouvriers échangèrent un regard
consultatif.

« Va pour trente sous, — dit le plus vieux,
— les temps sont durs... Vous dites donc que
c'est dans votre château qu'il y a de l'ouvrage?...

— Dans mon château... — répondit sèchement Mme Bassan.—Antoinette, j'ai passé marché... Rentrons. »

Après que la grille de Rouge-Bourse eut été
refermée sur les nouveaux venus, les deux ouvriers se frappèrent du coude.

« C'est un vrai gîte... nous ne ferons pas
de mauvaises rencontres aujourd'hui...

— Et nous ferons bonne chère !...

— La gourmandise te tient toujours, grand
Lebertre !...

— Comme toi la messe, *l'abbé le Diable* !...

— Tais ta langue, grand imbécile... Voilà la
portière du château qui fait signe à un esco-
griffe, là-bas sous ces marronniers... »

Bassan répondait à l'appel de sa femme et
vint au devant des journaliers. Contrairement à
son habitude, il ne les regarda pas comme regarde un homme suspect ou soupçonneux. A
peine s'il fit attention à eux.

— Avez-vous fait votre prix, madame Bassan ?

— Trente sous...

— C'est beaucoup d'argent .. mais ce que
madame Bassan promet, c'est de l'or en barre!..
Va pour trente sous!... Allez leur montrer la
chambre à coucher ; donnez-leur un morceau
sur le pouce, s'ils ont faim, et renvoyez-les-
moi ensuite dans l'allée des peupliers. »

Puis il tourna les talons.

Un des ouvriers, le plus vieux, avait perdu
ce calme réfléchi et préméditatif qui, d'abord,
avait signalé sa physionomie. Il contenait avec
effort une excessive agitation nerveuse : ses mâ-
choires contractées faisaient grincer ses dents ;
ses mains, aux doigts maigres et très-longs, paraissaient chercher quelque chose à serrer ou à
tordre ; ses yeux, rendus saillants par la préoccupation, poursuivaient une idée bien étrangère
à ce qui l'amenait dans cette habitation. Toutefois, comme ceux qui l'entouraient marchaient

aussi bien que lui, le changement qui venait de s'opérer dans son maintien ne put être remarqué.

Après avoir traversé une petite cour que fermait une grille, Mme Bassan s'arrêta devant un petit bâtiment, dépendance des communs. Il avait pu être la demeure des filles de basse-cour du château, car l'étable à vaches et une chambre contenant de la paille fraîche, deux chaises, un vieux bahut, désignaient seuls son utilité.

« Voilà votre chambre... et le soir, un tour de clé. C'est l'usage ici... Si cela ne vous convient pas, vous pouvez remonter en diligence.

— C'est bon, madame, c'est bon... on se contente de ce qu'on a et de ce qu'on voit... — répondit d'un air résigné celui que son camarade avait appelé *l'abbé le Diable*.

— Déposez là vos paquets... venez manger un morceau, ensuite nous irons rejoindre *I*. Bassan...Allons, Antoinette, cours devant, rends-toi utile. Dans l'armoire de la cuisine, tu verras un grand pain rond, et si tu as les bras assez longs, coupes-en deux tranches pour ces messieurs. »

Les apprêts d'un pareil repas ne devaient pas retarder le travail. Le propriétaire de Rouge-Bourse fut bientôt en communication avec ses journaliers.

« Ah ça! mes garçons, soixante pieds d'arbre à creuser sur cet alignement... ce chemin à refaire; nous verrons ensuite... Vous, le petit, vous me paraissez un peu maigri pour manier rondement la *tournée* et la pioche.

— L'abbé le Diable!... c'est de son savoir-faire que vous doutez?... Ah bien! prenez confiance; ses petits bras de soixante ans valent les miens qui n'en ont que vingt-six...

— Nous verrons cela... Où alliez-vous marchant sur cette route d'Allemagne?

— Nous allions à Paris chercher de l'ouvrage aux fortifications...

— Jolie besogne !...

— C'est de la pierre à remuer, du pain à faire cuire...

— Voyons, vous, là-bas, le petit sournois, vous entendez bien, soixante trous sur ce modèle-là, ni plus ni moins. Vous, le grand rougeot, venez avec moi prendre des outils... Je ne comprends pas comment la gendarmerie vous laisse voyager avec armes et bagages... Voilà des tournées pour enfoncer des portes de ville ! »

Tandis que M. Bassan s'éloignait, l'abbé le Diable le regarda, et, jetant ses mains au-dessus de sa tête, avec stupéfaction :

« Guillaume Bassan !... et il ne me reconnaît pas !... Je suis chez Bassan !... cette femme, si vieillie en dix ans, c'est Mme Bassan !... cette jeune fille si jolie, c'est la petite Laure !... Dix années, le grand Océan nous séparaient.... nous voilà réunis ?... Sur quelle tête va tomber la fatalité de cette rencontre ? » Et après ces généralités sur l'imprévu d'une reconnaissance, la nature de cet homme, son actualité, reprirent leur empire. Il pinça ses lèvres, cligna ses yeux déjà si petits, frotta ses mains : « Ah ! Guillaume Bassan, tu as des châteaux, des parcs, et ton ami *Tarroux,* dont tu as totalement perdu le souvenir, va coucher sur la paille de ton étable !... Diable ! mais il y a là quelque chose à revoir et à refaire !... Soyons prudent et jouons serré... En huit jours, si rien ne me dérange, j'aurai le temps d'examiner et d'aviser... »

M. Bassan répéta ses instructions à ses *journaliers,* et les regarda faire. Le grand Lebertre n'y allait pas de meilleur cœur que l'abbé le Diable : c'était une bonne acquisition que celle de ces deux hommes.

Tandis qu'ils travaillaient sous les yeux du maître, Antoinette était initiée par sa tante aux pauvres détails de ce misérable ménage : faire la soupe aux ouvriers, prendre soin de la volaille, nettoyer deux chambres, celle de M. Bassan et la cuisine, s'instruire du prix des denrées qu'il faudrait aller acheter à la ville les jours de marché ; enfin coudre, rapiécer les habillements délabrés de sa tante et de son oncle... Mais la pauvre jeune fille avait connu les souffrances de la misère, la honte de la mendicité, et, malgré le consolant contraste dont elle avait pu jouir chez Mme Tomson, elle avait gardé de ses jours d'épreuve l'expérience du malheur et la force de l'endurer sans se plaindre.

D'ailleurs elle était en France !... toutes les courses lointaines d'un marin français devaient aboutir à un port de France ! M. Solmignac dirait à son fils qu'il l'avait ramenée au Havre, qu'il lui avait assuré une destination près de la Ferté-sous-Jouarre ; au moment le plus imprévu, la cloche de Rouge-Bourse tinterait, et Louis... En conduisant sa pensée jusqu'à cette arrivée bienheureuse, Antoinette tremblait d'espoir et de joie, et plus rien de ces étranges détails imposés à sa réelle servitude ne lui semblait une offense : l'amour la fortifiait et l'élevait

au-dessus des pénibles atteintes de la vie posi-
tive.

Cependant, malgré sa volonté de rester in-
soucianté à ces vilains bruits que pourrait
faire résonner à ses oreilles la brutalité du caractère de son oncle, et de ne paraître s'aper-
cevoir d'aucune des choses qui devaient le plus
choquer sa délicate nature, elle ne pouvait
considérer sans y réfléchir cette glace sans
tain, et ce fauteuil garni de coussinets, seul lit
de sa tante.

Un peu avant la nuit, M. Bassan étant resté
à surveiller ses travaux, Antoinette, prenant les
mains de Mme Bassan, lui dit avec l'expression
d'une curiosité timide, inquiète :

« Ma tante, pourquoi ne vous couchez-vous
jamais ? »

Mme Bassan, attirée par cette douce figure,
— par cette voix harmonieusement timbrée,
voulut parler ; elle fit violence au penchant qui
l'entraînait

— C'est un vœu, — répondit-elle sans émotion.

— Un vœu, pauvre tante ! un vœu qui vous inflige une si grande souffrance !... Et cette glace?... pourquoi cette glace ? »

Mme Bassan saisit la main de sa nièce, anima son visage si altéré, si amaigri, si chargé de rides anticipées, balbutia quelques mots que l'excès de sa colère, comprimée, brisait sur ses lèvres tremblantes, et finit par dire d'une voix sourde :

« C'est afin de nous voir toujours, M. Bassan et moi ! »

La jeune fille, sans attacher un sens à cette sollicitude exprimée ainsi, baissa les yeux, rougit, et ne se permit plus une question.

Peu après rentra M. Bassan.

« Allons vite, madame Bassan; portez avec votre nièce le dîner de ces hommes, puis j'irai les enfermer. »

Il fut obéi.

Avant que sa femme ne l'eût servi, lui-même, il prit à un clou un trousseau de grosses clés, et en donnant deux tours à la serrure de la grille qui fermait la petite cour de l'étable, il lança ces mots à ses hôtes :

« Allons, vous autres, endormez-vous comme des riches ; la paille est fraîche et le gîte est sûr... Demain, je viendrai vous chercher, avec le jour...

— Pardieu! — dit-il en rentrant dans sa cuisine, —voilà deux drôles qui ne font pas grand bruit et font bonne besogne pour peu d'argent! Eh bien! petite nièce, voilà la vie de château! »

Antoinette sourit tristement.

« Bah! bah!... on se fait à tout... et le pain bis mangé ses parents vaut mieux mille fois que le pain de gruau mangé chez les étrangers.... Ah ça! madame Bassan, demain, à six heures du matin, un panier sous le bras de cette de-

moiselle, le sac de monnaie, et faites-la filer à
la Ferté pour y faire les petites emplettes...
Après cela, jeune fille, si une commère ou un
bavard vous questionne, vous demande qui
vous êtes, d'où vous venez, vous répondrez
nenni, comme si vous étiez sourde... Si vous
vous avisez de prononcer un mot qui ressemble
à votre histoire, je prends votre malle et je la
jette avec vous sur la grande route. »

Antoinette frissonna des pieds à la tête : ces
sauvages paroles étaient prononcées d'une voix
sinistre et menaçante. Mme Bassan effleura son
mari du regard, et son visage devint livide, car
le regard de Bassan était arrêté sur elle et disait toute la cruauté des pensées qui pouvaient
l'inspirer.

Une soupe à peine faite, un morceau de lard
froid, du cidre et un morceau de pain bis, c'é-
tait là le repas des propriétaires de Rouge-
Bourse.

Antoinette venait de déposer sur la table sa

dernière bouchée, que ses larmes avaient mouil-
lée, lorsque son oncle, se levant avec cette
brusquerie de mouvement habituelle aux *natures fauves*, dit, sans adoucir sa physionomie ni
sa voix :

« Voilà la nuit... inutile de brûler trente-
six chandelles ; montez chez vous, ma nièce...
couchez-vous et dormez bien... Bonsoir. »

On sait quelles étaient les soirées et les nuits
de cette maison fatale.

Mais à l'heure à laquelle ils cédaient enfin
au sommeil, on veillait dans la petite chambre
voisine de l'étable.

La chouette — et la ronde.

VIII.

Pendant la première partie de la nuit, les hôtes de Rouge-Bourse dormirent sincèrement : le
travail de la journée leur rendait le repos nécessaire. Mais vers les une heure du matin une
petite sonnerie de montre tinta les trois quarts
de l'heure, la paille cria sous le poids d'un corps
qui s'agitait, une étincelle phosphorique partit,

et une petite bougie de cire jaune, spontanément allumée, éclaira cette chambre : l'abbé le
Diable fixait la bougie sur la tablette du bahut.

« Allons, Claude, debout ! — dit l'abbé d'une
voix de commandement.

— Voilà, maître, voilà ! » répondit en se
hâtant le jeune ouvrier. Et d'un bond il se
trouva auprès de celui qui l'arrachait ainsi aux
douceurs du sommeil.

Le petit vieillard avait perdu cette physionomie débonnaire qu'il affectait avec une prudence et une habileté soutenues pendant tous
les instants de la journée : ses yeux étaient ar-
dents, les lignes de sa bouche étaient brisées
par une contraction qui la rendait menaçante;
ses longs cheveux gris-blancs, en désordre autour de sa face, contribuaient à lui donner une
expression vraiment satanique. Cet homme était
évidemment arrivé à l'heure à laquelle il avait
habitude d'agir. C'était un criminel.

« Les limes?

—Les voilà. »—Et docile serviteur ou soldat, Claude Lebertre tira trois limes de différente force de la doublure de sa longue veste.

« Il n'y a pas de chien dans ce château?

— Pas un carlin.

— La grille de cette cour ne me paraît pas de fer *galvanisé* ?

— Du bois sec. »

L'abbé le Diable baissa la tête et réfléchit. Après quelques secondes, il reprit :

« Ma montre marque une heure. Nous avons à nous près de quatre heures de nuit; c'est plus de temps qu'il ne nous faut pour vider les poches de ce misérable propriétaire. »

Lebertre partit d'un gros éclat de rire.

« Qu'as-tu à te réjouir, animal ?

— Rien, *monsieur l'abbé*, rien... C'est ce que vous venez de dire des poches de ce vilain seigneur... Je crois bien qu'en les retournant nous trouverons des miettes de pain bis.

— C'est possible, — répondit le vieillard. — Mais que faire? coquin de sort! que faire? — reprit-il avec anxiété. - Il y a un sac caché dans un coin de ce château, je ne le mets pas en doute... Comment le découvrir?... As-tu jamais entendu parler des *chauffeurs?*

— Tiens!... mon père l'était; il a été guillotiné à Amiens... »

Lebertre n'aurait pas dit plus fièrement : *Mon père chargeait avec la* MAISON ROUGE *à la bataille de Fontenoy, où il est mort.*

« Il faudrait *chauffer* le propriétaire... Mais le gredin est entêté, je le connais. S'il se bute à ne rien dire, nous ferons une grillade inutile...

— Mais les femmes?

— Les femmes ne savent rien... Bassan est

un scélérat complet ; il cache ses pensées dans l'abîme de son cerveau, et quand l'évènement le contraint d'avoir un confident, il sait faire disparaître ce témoin dangereux. »

Un souvenir anima l'abbé le Diable, il frappa du poing contre la muraille et s'écria avec rage :

« Ne pas profiter de ce hasard inouï!... ne pas me venger! ne pas ruiner d'un seul coup cet infâme Bassan!...

— Il paraît, maître, que vous connaissez le particulier ?

— Depuis quinze ans. »

Lebertre ouvrit grands ses yeux effarés et admira ce compagnon qu'il appelait son maître.

« Vous le connaissez depuis quinze ans et vous ne l'avez pas mieux reconnu hier?... *Monsieur l'abbé*, vous êtes un grand saint!

— Et je te ferai canoniser, toi, si tu agis

I.   8

avec adresse, prudence et courage, comme je te
dirai de faire. Tu sais ce qui t'attend si tu dé-
ranges mes plans par quelque bêtise ou quelque
lâcheté?

— Maître, je suis votre dogne fidèle... et
j'attends.

— C'est en approchant la lance à feu de la
lumière qu'on fait partir le canon... Approchons-
nous de Bassan, les idées me viendront... Sors
doucement; j'ai remarqué des inégalités sur la
dalle d'entrée qui doivent faire crier la porte,
soulève-la bien en l'ouvrant... La grille est basse
et à barreaux simples; fais sauter un seul bar-
reau. »

Lebertre exécuta l'ordre ponctuellement. Au
troisième coup de lime il s'arrêta, revint dans
la chambre avec l'agilité d'un chat, et d'un
souffle rapide éteignit la petite bougie.

« Je m'en doutais, — dit bien bas l'abbé le

Diable. — Calcule bien tes mouvements et re-ferme la porte. »

La porte fut refermée sans avoir produit le plus petit bruit.

« Demi-mal, maître, mais il était temps !... J'ai entendu se plaindre une chouette...

— C'est ça qui te ramène ?

— Oh! ce n'était pas la *petite chevèche,* mais la *grande chouette* ! et quand celle-là gémit, il faut arrêter l'*ouvrage*...

— Stupide poltron !

— C'est ce que je me suis dit au premier soupir de l'oiseau de nuit ; mais entre le second et le troisième, j'ai entendu distinctement crier le sable à quarante pas de la grille... On fait une ronde...

— Ce Bassan en est capable !... Oui, je viens d'entendre une petite toux... Damnation ! n'être pas près de lui !

— Maître, si nous nous couchions?

—Tout-à-l'heure;... le bruit de la paille l'inquièterait... Il n'osera pas ouvrir la grille.

— M'aurait-il reconnu, — pensa le vieillard; — cette complète inattention qu'il a montrée près de moi ne serait-elle qu'un jeu joué?... Je voudrais bien cependant qu'entre nous deux la reconnaissance ne se fît pas trop tôt. — Allons, Lebertre, reprenons notre nuit comme si nous n'avions fait que remuer notre lit de plume... Je me rappelle le dicton d'un vieux drôle que j'ai connu dans mes voyages; *Pichon*, le maître d'école, disait avec sagesse : *Ça se mange froid*. Laissons donc refroidir nos projets; nous allions perdre nos chances en les mettant trop vite au feu. »

Il était six heures du matin lorsque Bassan vint ouvrir la petite grille de la cour de l'étable. Rien dans son regard ne révéla qu'il eût fait une ronde soupçonneuse, ni qu'il eût prêté attention à la physionomie de l'un ou de l'autre de ses deux journaliers. Après quelques mots sur l'entrée en *journée* et la tâche qu'il voulait voir remplir, il sortit de Rouge-Bourse et se rendit à *Tanqueue* pour une vente de *regain* qu'il avait à proposer au comte *de Sussy*, le maître du château qui commande ce village.

Quant à Antoinette Bassan, conformément à l'ordre qu'elle avait reçu la veille de la bouche de son oncle et que lui répétait sa tante à son lever, elle prenait le chemin de la Ferté-sous-Jouarre pour y faire, au marché, les emplettes du ménage. Cette démarche avait un autre motif dans la pensée du maître de Rouge-Bourse ; il comptait sur la discrétion de sa nièce, et cependant n'était pas fâché de recueillir par elle les bruits que les commères et les bavardes de la petite ville pourraient se permettre sur le vieux château et ses pauvres propriétaires. Il avait, avant de sortir, donné

ses instructions à sa femme, afin qu'elle eût
à les répéter à la jeune fille.

Aussi Mme Bassan, en remettant à Antoinette un grand panier pour les provisions, eut-
elle grand soin de lui répéter avec insistance :

« Nous voulons bien montrer à ces butors
de laFerté notre jolie nièce, mais c'est tout. Si
on te questionne : *D'où venez-vous?... que
faisiez-vous? avez-vous connu votre oncle et
votre tante en Amérique?* tu diras d'un air
décidé : « Mon oncle et ma tante se portent
bien et moi aussi : voilà tout ce que je sais. »
Si on ajoute des questions sur la manière dont
nous vivons, tu répondras sans mentir : « Mes
parents sont bien pauvres ! Ils vivent de bien
peu de chose ; car, en honnêtes gens qu'ils
sont, ils ne veulent pas manger plus qu'ils ne
peuvent, ayant vidé leur sac pour payer le
vieux château. »

Antoinette consentait bien volontiers à se

taire sur le passé, et ne voyait aucun inconvé-
nient à parler tristement de la vie indigente
qu'on menait à Rouge-Bourse, puisqu'en effet
cette indigence ajoutait par son repoussant
aspect à la désolation que lui promettaient les
procédés de ses indignes parents!

Sur le marché.

IX.

Un jour de marché, dans une petite ville, n'est pas seulement consacré au débat des petits intérêts de la vie domestique : ce n'est pas seulement chez le notaire, chez l'huissier, chez le greffier, *avocat-consultant*, qu'il y a, dans un pareil jour, foule et grande agitation d'esprit et de langue : dans le plus petit magasin, dans chaque boutique, à chaque coin de rue avoisinant le marché, il y a des causeurs en quête de l'incident de la veille.

« Vous ne savez pas? les meules baissent!... On dit que les frères *Giboux* veulent vendre...

— Beau dommage!... ils ont assez fait l'usure pour ne plus remuer de meulières !

— Tiens! comme si les Giboux étaient les seuls dans la Ferté pour faire le métier des juifs!... Ne parlez donc pas d'usure dans votre maudite ville !... c'est comme si vous parliez de corde chez un pendu!... Ah bien! je vous conseille de parler des Giboux!... nommez tous vos mauvais riches et vous ne vous tromperez sur aucun...

— Voyez-vous ce petit M. Navois, comme ça vous arrange tout un pays!... Parce que vous êtes Parisien! et puis, vous avez tenu les livres chez ces Giboux!...

— Sans doute, et c'est ce qui m'a mis à même

de relever le compte de vos meuliers !... Ils sont gentils, vos négociants !... et des républicains, je vous dis ! des fiévreux qui ont toujours le transport politique. Ah ! tu dis *oui*, gouvernement ?... Nous, nous disons *non*. Tu veux Jacquot pour député ? Nous allons te donner Pierrot. — Demandez-leur pourquoi Pierrot et pourquoi *non* ? Est-ce qu'ils le savent ?... est-ce qu'ils ont teinture d'une idée seulement ! *Cinq et quatre font* DOUZE ; *ôtez trois, reste* QUINZE ! Voilà toute leur science !

— Est-il mauvais donc, ce monsieur Navois !

— Mauvais ! pour les mauvais riches, ça c'est vrai ! je suis féroce ! Eh bien ! je le suis encore moins que vos municipaux de malheur qui laissent un pauvre hôpital dénué du nécessaire et n'ont pas honte de livrer à cinq pauvres religieuses si pieuses, si dévouées, la charge des enfants, des malades et des soldats ramassés sur les routes, sans s'inquiéter si ces dignes servantes de Dieu et du malheur ont des draps pour les

lits et tout ce qu'il faut pour supporter leur
tâche douloureuse !... En voilà une qui vient
encore de mourir à la peine, un ange que Dieu
a rappelé : sœur *sainte Marie* !...

— Ah ça! monsieur Navois, de ce côté-là,
vous dites vrai ; mais quant au reste, faut pas le
dire si haut, voyez-vous bien, parce que dans
la boutique d'un horloger on y marque l'heure
pour tout le monde. Et si nous étions plus de
trois à savoir vos *quolibets* sur cette ville, que je
n'aime guère, je n'aurais plus qu'à aller m'établir
à cent cinquante lieues d'ici... Mais M. Bourgeois n'en dira rien.

— Moi! dites donc un peu comme je dois
être enchanté de mes compatriotes ; ils sont cinq
gros bonnets qui m'ont prêté l'année dernière,
pour payer mes prés au bord de la Marne, à
dix-huit pour cent et le droit de commission !...
Merci !... »

Et sous de lourdes arcades qui bordent un

côté de la place du marché, à petite distance
d'un cabinet de lecture, un groupe assez consi-
dérable s'était formé, où chacun apportait son
mot, sa nouvelle, sa réflexion, sa méchanceté ;
groupe composé de marchandes, de servantes,
du garçon de bureau de la mairie, du bedeau et
d'un grand gaillard, efflanqué dans sa tournure,
débraillé, promenant au vent ses longs cheveux
blonds, relevant le sourcil sur chaque mot, ri-
caneur, raconteur, et tenant tête aux plus ef-
frontées bavardes du pays ; tout le monde le con-
naissait ; le nom de *Henriet* retentissait mille
fois par jour d'un bout de la Ferté à l'autre.
Henriet était de faction à l'arrivée des diligen-
ces pour porter les paquets, conduire les voyageurs ou donner des renseignements. Il portait
les lettres, faisait les commissions pour les vil-
lages ou les châteaux voisins ; il suivait les noces,
les baptêmes ; il aurait suivi les enterrements
jusqu'à la fosse, si le mort avait pu lui donner
un pourboire. Lorsqu'à six lieues à la ronde les
grands propriétaires faisaient des chasses, les

gardes, les piqueurs, invitaient toujours Henriet;
il valait dix gamins pour *rabattre* ; et quand la
chasse à courre était lancée, il ne manquait jamais d'arriver avec les chiens. A l'hallali, vous
auriez juré qu'il attendait la curée, à le voir ha-
letant, l'œil ardent, tout préoccupé des chiens,
du gibier, des chasseurs. Henriet avait juré, au
moment de la conscription, qu'il s'engagerait
trompette. Son père, ancien métayer ruiné, et
qui avait horreur de la musique, lui avait sour-
noisement acheté un homme avec la vente d'un
champ qui lui restait. Henriet, empêché de suivre sa vocation, avait juré de nouveau qu'il ne
ferait rien de sa vie; cette fois, il pouvait se tenir parole ; son père mort ne pouvait gêner sa
résolution. Il n'avait donc ni occupation fixe, ni
état ; mais il est vrai de dire que, spéculatif à sa
manière, Henriet, avec sa vie errante, sa domesticité publique, gagnait beaucoup plus d'argent
que le plus laborieux des ouvriers ; cet argent,
il le plaçait chez le notaire avec une grande
exactitude ; car, ni le cabaret, ni les jolies filles,

ne parvenaient à l'arracher à son insouciance. Cependant Henriet, malgré le dépenaillé de sa mise, était un beau garçon de vingt-quatre ans.

Au moment où le groupe, que je viens de signaler sur la place du marché de la Ferté-sous-Jouarre, est le plus compacte et prête une attention complète à une voix qui parle très-haut, c'est Henriet qui parle :

« Je trouve fort aimable monsieur le garçon de bureau de la *mairerie*, qui, depuis trois jours, ne fait que me siffler aux oreilles : *Henriet, qui qu'a écrit ce vilain papier qui met tout le monde sens dessus dessous et M. le maire avec ?...* — Est-ce que je sais !

— Tu sais tout, grand bavard ! — répliqua le *bureaucrate.*

— A la bonne heure, si j'étais l'abbé *Sigaud...*

—Chut!... fit le bedeau,—ne parlons pas des

I   9

abbés ; et quant à ce papier, le plus subtil y perd ses yeux à chercher son auteur...

— Une vraie abomination, — reprit une servante, — où mes maîtres y sont tournés et retournés comme une omelette sautée de travers !... J'vous demande un peu à quoi que ça sert d'écrire des infamies *alonymes* sur les gens et de ne pas dire : c'est moi...

— Si vous voulez que je vous confie quelque chose, — dit le bedeau d'un ton mystérieux, — je sais qui...

— Père Macard, si vous vous trompez de nom, je vous tape sur la nuque comme sur le cou d'un lapin, — s'écria Henriet. — Ah ! c'est que je vous connais ; vous êtes un vieux sournois qui buvez les burettes. Avec ça que votre femme, la mauricaude, n'a pas sa langue engourdie ; une vraie pie ratatinée au coin du feu...

— Vas-tu te taire, grand nigaud !...

— C'est bon, père Macard, laissez-le dire et

parlez toujours. Qui que ç'est qu'a fait le pam-
phlet? insista *le valet-de-chambre* de la mairie.

— Qui que c'est? — demanda d'une seule
voix le groupe entier.

— Je crois... je ne suis pas certain... mais je
crois que c'est ce grand effrayant qui habite
Rouge-Bourse...

— D'abord, si vous parlez de Rouge-Bourse,
je quitte le marché, — s'écria une marchande ;
— je ne passe que le soir sur la route, et quand
j'entends crier la girouette de ce vieux château,
je sens des froids sur tout le corps !

— Eh bien ! — reprit Henriet, — je dis que
ce vieux loup-garou n'est pour rien dans ce papier... Pour l'avoir écrit, faudrait avoir fré-
quenté tout le monde dans la ville... Tenez, en
parlant de Bassan, v'là son aïeule...

—L'aïeule au propriétaire de Rouge-Bourse?

— Oui, la vieille Bassan, la centenaire... Quel

malheur qu'elle n'ait pas seulement cinquante ans de moins!... elle nous dirait peut-être de quel trou de hibou sortent les Bassan de Rouge-Bourse... Et dire qu'il n'y a pas un médecin pour lui donner deux heures de raison à cette vieille momie!... »

La centenaire du nom de Bassan s'avançait soutenue par une villageoise, sa servante; elle venait, selon son habitude, faire sa promenade autour du marché, comme si elle eût été en état de surveiller les emplettes de son petit ménage. Bien vieille femme, ayant presque les forces de la vieillesse énergique, une marche point trop chancelante, un visage sans atonie, mais des regards sans rayons: là, la caducité; là, *l'enfance*.

Personne, dans la Ferté-sous-Jouarre, n'avait connu cette vieille femme avant qu'elle eût perdu ses facultés mentales; depuis vingt ans seulement elle était arrivée dans ce pays avec une autre vieille, morte peu après. On ne savait rien

de plus sur elle ; l'administration de sa vie était
dirigée par les soins du notaire qui avait reçu
dès sa venue le dépôt d'une somme en viager.

Le groupe désigné fit place à la centenaire
et l'examina avec curiosité; au même instant,
une bien jolie jeune fille s'arrêta près d'une
marchande de beurre et en face de l'homonyme
de ses parents.

Une lueur de raison ou une manie d'insensée,
la vieille saisit les mains de la jeune fille : c'était
Antoinette.

Chez la centenaire.

Z.

Elle passa son bras au bras de la jeune fille en lui imprimant doucement un mouvement en avant, et témoigna, par un signe de la tête, vouloir la garder pour guide.

« Prêtez-vous à son caprice, mamselle, — dit la servante de la vieille femme. — Pour ce

qu'elle vous fera de mal, la chère dame! elle
n'a quasi pas le temps d'y songer ; cent ans,
sans ce qui viendra encore... »

Antoinette, qui se voyait l'objet de la curiosité de tout le monde autour d'elle, fut décon-
certée, et marcha, sans parler, au gré de la centenaire.

« Là ! — s'écria Henriet, — v'là un des fils
de l'écheveau embrouillé qui se débrouille...
La jeune fille, arrivée d'Amérique par la diligence de Meaux, et que j'ai conduite l'autre
soir à Rouge-Bourse, est la parente de la vieille
dame Bassan !... Ceci nous explique que le hibou du vieux château est un vieux menteur, car
chaque fois qu'on lui a parlé de son aïeule, il l'a
reniée, le sans-cœur !

—Comment ! c'te demoiselle est la voyageuse
de l'autre soir ? — demanda une servante,

— Puisque je vous dis que j'ai porté sa petite
malle, grande Brochaud !

— Pourquoi donc que vous m'parlez comme
à votre brouette à porter les paquets, grand
blondasse ?

— Parce que je vous haïs, parce que je vous
abomine ni plus ni moins qu'une meule qu'on
me donnerait pour brosse à dents... car je de-
vine que, de cette jeanesse si gentille, vous allez
faire une curée pour votre langue taillée en ser-
pette...

— Moi ?

— Non ; vous vous en gênerez !... Vous n'êtes
pas la marmitonne au grand Brochaud des con-
tributions indirectes pour rien ! et vous en avez
assez écorché de ces jeunes filles qui ont été
faire visite au comte *de Sussy...*

— Faut en parler !... c'étaient d'honnêtes
filles !

— Eh! là ! que vous auriez bien voulu faire
leur partie, la grande Brochaud ! Mais M. de
Sussy n'aime pas les carottes !

— Méchant blondasse, je te débarbouille avec mon fromage à la pie, si tu me dis encore des insolences!... A-t-on jamais vu ! Pourquoi qu'y m'aguiche comme ça, c'grand efflanqué ! Qui qui le pousse ?

— Qui qui, qui qui !... La v'là qui bégaie à c't'heure ! Eh bien ! ce que je viens de vous en dire, c'est pure précaution , afin de vous prier de ne pas mal famer cette jeunesse si gentille, les jours de marché...

— Beau dommage ! parce qu'elle a les yeux d'une sainte !... Ça fait tout de suite *sainte n'y touche*.

— Faut que cela vous démange diablement, la Brochaud, pour que vous mordiez toujours les gens », — dit le bedeau d'un air onctueux.

Puis, peu à peu le groupe se dispersa, et chacune des personnes qui le composaient alla redire à tous les coins du marché et dans les rues de la ville que la vieille Bassan de la rue du *Li-*

mon était l'aïeule des Bassan de Rouge-Bourse ;
qu'on l'avait vue embrasser, au milieu du marché, la jeune nièce aux Bassan.

Cependant, la centenaire regagna sa maison,
appuyant toujours son bras sur le bras d'Antoinette. Lorsqu'elle fut arrivée devant la petite
porte de son logis, elle s'arrêta, regarda attentivement la jeune fille, et d'une voix grave, presque impérieuse, lui dit :

« Entrez.

— N'hésitez pas, mamselle ; contentez-la c'te
femme ; entrez, comme elle vous le dit... c'est
la maison d'une bonne créature de Dieu ; n'y a
pas de danger. »

Antoinette, tout intimidée, suivit le conseil
de la servante ; elle pénétra dans une salle basse,
disposée avec la recherche d'un petit salon cam
pagnard, bien modeste et bien propre.

La dame Bassan se plaça dans un fauteuil
tout garni de coussinets bourrés en duvets ; elle
fit signe à la jeune Bassan de s'asseoir auprès

d'elle, attira doucement ses mains sur ses genoux, la regarda encore de bien près et long-
temps, et, par degrés, une animation douce vint
faire rayonner le sentiment et l'intelligence dans
ces regards dont cent années avaient à demi
éteint le flambeau.

« Thérèse, je me rappelle !... — dit la dame
Bassan avec un sourire de bonté, et s'adressant
à sa servante d'une façon aussi nette que si jamais sa raison ne l'eût quittée.

— Sainte Vierge ! — dit Thérèse avec stupéfaction, — madame se remet à penser. »

La dame Bassan porta une de ses mains à son
front et le frotta avec un mouvement rapide et
prononcé comme si elle eût voulu ouvrir le
foyer de l'entendement et de la mémoire ; son
mouvement se ralentit ; ses yeux s'ouvrirent
un peu plus grands, une larme, — goutte d'eau
glacée, — chassée de ce cerveau, *glacier* humain, vint se placer sur la lacrymale de ses
yeux... Elle se souvenait !

« Laure, Antoinette Bassan, c'était ta mère !... — dit-elle avec un épanouissement de
physionomie qui sembla lui *ôter* trente ans.

— Oui, madame, c'était ma mère !... Je ne
l'ai pas connue... — répondit la jeune fille tout
attendrie.

— Le portrait, Thérèse... — reprit la vieille
en indiquant du doigt une porte de la chambre.

— Bonté de Dieu, mais c'est un miracle ! »
— s'écria la gouvernante en obéissant à l'ordre
qui lui était donné.

Elle rapporta un cadre ovale, pastel sous
glace à la manière de *Greuze*... C'était le portrait frappant d'Antoinette : son même âge, ses
yeux noirs, ses cheveux noirs, l'ineffable demi-
sourire de sa bouche adorable, son expression
mélancolique et rêveuse. La pauvre enfant regarda, *se vit* et rougit jusqu'au blanc des yeux ;
et, tout-à-coup, cédant à l'influence d'une scène
si imprévue, si solennelle, où elle retrouvait

ce qu'elle n'avait jamais pu aimer qu'en idée !...
sa mère ! elle laissa échapper un sanglot, se jeta
à genoux en joignant les mains, et avec l'explosion du plus saint des amours :

« Ma mère ! c'est ma mère !... »

Elle pâlit, fut prête à s'évanouir ; la servante
la soutint, mais à ce moment la centenaire pâlit à son tour, comme on peut pâlir près de la
tombe ; elle laissa échapper de ses mains gla-
cées et débiles le portrait, et appuya doucement sa tête sur le dossier du siége en disant
bien bas :

« Assez... je veux me coucher... »

Le mutisme de la parole et du regard était
revenu pour interrompre cette crise d'intelligence et de sensibilité. Antoinette et Thérèse
s'entr'aidèrent et mirent dans son lit la dame
Bassan.

« Je n'sais pas qui vous êtes, mamselle, mais

revenez, je vous en prie bien... Vous ferez encore le miracle.

— Je reviendrai, » — dit Antoinette après
avoir contemplé avec recueillement et piété le
visage de la centenaire, image vraiment admi-
rable et sainte de l'humanité, dépassant les bor·
nes de la vie commune et continuant l'existence
au milieu de la lente et progressive destruction
de ses organes.

Après qu'elle eut quitté cette maison, la nièce de Bassan se rendit en hâte sur la place du
marché pour y faire les emplettes du ménage
de Rouge-Bourse ; elle acheta tant bien que mal,
et sans perdre plus de temps, évitant de répondre à mille questions curieuses qui lui étaient
adressées, elle regagna le triste et vieux château, son cœur se serrant davantage à mesure
qu'elle en approchait.

Bassan n'était pas rentré. Alarmée par l'absence trop prolongée de sa nièce, Mme Bassan
ne détournait pas les yeux de dessus la grille ;

et la fatigue causée par cette attention soutenue lui faisait monter au cerveau de vagues terreurs, lui représentait d'étranges probabilités : ainsi Antoinette amenant avec elle plusieurs personnes, un monsieur en noir et des gendarmes... ou toute une foule qui, conduite par elle, venait incendier Rouge-Bourse.

« Comment ! — s'écria-t-elle avec colère, — en plein jour, je me laisse épouvanter par un cauchemar !... »

La cause innocente de ces hallucinations pénibles se montra enfin ; Antoinette franchit la grille du château, n'ayant d'autre escorte que les invisibles impressions qu'elle venait de ressentir et qu'un instinct de prudence la portait à cacher.

Brutalités.

XI.

Bassan reparut dans son manoir vers les midi.
Il était tout radieux. En entrant dans la cuisine
il dit avec rondeur :

« Allons, un peu de gaîté par ici... Il y avait
au village de Brétigny, près de Montlhéry, un
homme du nom de *Chèvre*. Quand cet homme

avait bu du vin de son clos il faisait danser sa
femme et ses filles ; de là le vin de Brétigny
qui fait danser les chèvres!... Eh bien ! encore une affaire comme celle que je viens de
traiter, et je ferai danser ma femme et ma nièce
avec du cidre normand !

— Le comte de Sussy vous a donc paru trai-
table ? — demanda Mme Bassan.

— Oui ; une amourette menée à bien, sans
doute, l'a rendu d'une facilité d'enfant. J'ai le
petit bois au-dessus de Tanqueue...

— Après cela, pour avoir des bois, il faut des
gardes pour y veiller...

— Vous ferez des rondes, madame Bassan, et
moi aussi... En épingles du marché, le comte
m'a donné une belle vache noire, ma foi !

— Une vache !

— Eh bien ! ensuite ; pourquoi prenez-vous
votre air effarouché?

— Mais qui la gardera?

— Belle question ! Pourquoi Antoinette est-elle ici ?

— Moi ! mon oncle !

— A ton tour, maintenant, ma mignonne ! Pardieu, je te conseille d'imiter les ébouriffe-ments de ta chienne de tante !... Sans doute, toi ; est-ce que tu t'imagines, par hasard, que nous sommes là tous trois pour compter nos écus ? As-tu pensé que tu n'aurais ici qu'à soi-gner tes mains !... Tu soigneras ma vache, c'est plus utile !... Je ne te nourrirai certes pas pour les beaux yeux de mon frère, qui est mort de-puis long-temps, Dieu merci !... Tu pleures ? Eh bien ! ma fillette, faudra sur cela et encore bien des choses, il faudra en prendre ton parti, ou sinon retourner mendier dans les rues de Norfolk... Allons, sors d'ici ; vas dans le jardin voir si j'y suis... Je n'aime pas les pleurni-cheuses... »

Il alla refermer la porte de la cuisine après qu'Antoinette fut sortie.

« Ah ça, madame Bassan, une petite causette... Voilà une pie-grièche qui m'ennuie. Le diable l'a amenée ici, le diable la remmènera... Du moment où ce qui s'est passé sous ses yeux, quand elle avait six ans, est sorti de sa mémoire, maintenant qu'elle en a dix-sept, ça me suffit. Je veux, entendez-vous bien, je veux que vous la dégoûtiez de cette maison afin qu'elle en décampe au plus vite...

— Où voulez-vous qu'elle aille ?

— De sorte qu'il vous convient mieux de la garder ?

— Rien ne me convient, — répondit Mme Bassan avec une humeur mal contenue, parce qu'elle prévoyait où allait aboutir cette conversation.

— Si rien ne vous convient, il faut alors

vous arranger de ce qui m'arrange ; et si vous vous prenez de passion pour votre nièce, faites votre sac et partez avec elle...

— Vous seriez bien embarrassé si un matin je sortais de Rouge-Bourse.

— Voyez donc les coquetteries de Mme Bassan !... Clignez donc vos yeux, belle dame ! pour que je raffole de vous !... Embarrassé de n'avoir plus devant moi la laideur en haillons ! la stupidité sous un sale bonnet !... Tenez, chère épouse, vous avez des distractions, vous oubliez votre consigne et vous vous plaisez à revenir sur l'idée de m'inspirer des craintes... Mais, pour Dieu ! ne perdez donc pas de vue ce que j'aurais voulu vous inoculer dans la cervelle avec la pointe d'un couteau : Le jour où il me sera bien prouvé que vous m'êtes nuisible, que vous songez à me dénoncer, je vous fais sauter avec Rouge-Bourse...

— Parole d'homme ivre... »

Bassan courut à sa femme, la saisit par les deux bras, et la secoua violemment en lui criant :

« Est-ce que tu as oublié, vieille bête, que j'étais ivre dans la nuit du 19 octobre?... »

Il lâcha les bras de Mme Bassan, qui cria en tombant sur le mur :

« Nous sommes aujourd'hui le 19 octobre, scélérat!... »

Un poing frappa du dehors sur le châssis de la fenêtre, et la tête du journalier l'abbé le Diable se montra à côté de celle de Lebertre.

« Ohé ! les bourgeois, l'heure de manger un morceau vient de sonner dans les trente-six clochers des paroisses voisines !

— C'est juste, — dit Bassan ramenant brusquement au calme sa physionomie irritée.

— Allons, la ménagère, à ces braves gens un morceau de pain et du fromage frais...

— Ils veulent de la soupe...

— Faites-leur bouillir un chou avec un seau d'eau de puits. »

Il alla rejoindre ses ouvriers.

« Eh bien! bourgeois, — dit Lebertre, — la rosée d'octobre ouvre l'appétit. Est-ce que vous voulez économiser le déjeûner des pauvres gens?

— Je viens de gronder la dame du logis qui vous fait attendre... Un peu de patience, vous n'en mangerez que mieux.

— C'est que les riches ne sont jamais pressés de voir manger les pauvres gens! — dit l'abbé le Diable avec une intention taquine.

— Les riches! — se hâta de répondre Bassan. — Oui; parlez-moi du riche propriétaire d'une bicoque où il n'y a pas de quoi nourrir un ser- viteur! Pour un homme qui a dû courir le monde avant que d'arriver à Rouge-Bourse, vous devriez flairer un riche...

« — A trois mille lieues à la ronde, — interrompit l'abbé.

— Savez-vous seulement ce que c'est que trois mille lieues?...

— Bah ! qui est-ce qui n'a pas fait son tour du monde ?

— De Strasbourg à la Ferté-sous-Jouarre?...

— Et un peu en bateau...

— Vous avez navigué ?

— Peut-être bien ; pas beaucoup ..

— Vous ne m'avez cependant pas l'air d'un joyeux marin...

— C'est que j'ai bien changé... la raffale, ça vous bouleverse cruellement la physionomie d'un homme... Et puis, assez causé, donnez-nous à manger. »

L'abbé le Diable, qui voyait Bassan l'examiner avec attention, jugea à propos de rompre la conversation et s'éloigna avec son compagnon ;

mais le maître de Rouge-Bourse, que rien n'avertissait de la rencontre funeste qu'il pouvait avoir faite, ne prit pas garde à la brusquerie de son journalier : il fit retentir la maison du nom de sa nièce, afin de lui ordonner de servir ses ouvriers ; puis, insoucieux, alla s'occuper d'autre chose.

« Vois-tu cet homme-là ? — dit l'abbé à Lebertre, quand il se vit hors de portée, — il faut terminer avec lui ce soir, ou nous en aller comme des sots d'une maison qui contient un sac énorme d'argent et d'or enfoui dans quelque coin...

— Terminons, — dit Lebertre.

— Et pour y arriver, *mon fils,* un vigoureux coup de main...

— J'emporterai le château sur mes épaules...

— Emporte Bassan dans un trou, c'est tout ce que je te demande. »

Les journaliers durent s'interrompre, car Antoinette s'approchait.

« Votre déjeûner est sur le perron, »—leur dit-elle en évitant de s'arrêter auprès d'eux, car la pauvre enfant luttait de toutes les forces de sa raison contre le dégoût que lui inspirait la domesticité à laquelle elle était condamnée.

Lebertre et l'abbé se conduisirent tout le reste de la journée comme gens habitués aux complots, sans préoccupation apparente.

Il était quatre heures. Bassan, sorti depuis midi, n'était point encore rentré ; sa femme et sa nièce l'attendaient dans la cuisine ; il arriva enfin ; mais ses traits étaient contractés par la colère, son visage gonflé par le sang qui s'y était porté. Il marcha droit à sa nièce, et se croisant convulsivement les bras devant cette enfant épouvantée de ces soudaines et terribles alertes :

« Dites donc un peu, ma nièce, qui est-ce qui vous a amenée chez moi?...

— Le malheur, mon oncle.

— Rien que cela ?

— C'est bien assez pour me faire comprendre que je vous suis à charge...

— Nous parlerons de cela plus tard... Et installée chez votre oncle, est-ce que vous avez juré de ne faire que vos volontés ?

— Bien loin de là, mon Dieu ! je ne me connais aucun vouloir, si ce n'est celui de ne pas vous déplaire.

— Giries que ces paroles, propos de belles demoiselles, qui ne conviennent pas à une pauvre fille, servante de ses pauvres parents, condamnée à travailler comme eux et pour eux... De si douces phrases sont inutiles quand on a désobéi à ses parents...

— Moi, mon oncle ?

— Je vous conseille de paraître vous réveiller !... Si votre tante vous a transmis mes ordres, que vous avait-elle recommandé ?... de ne parler à personne dans la Ferté, de faire vos emplettes en répondant *merci*, et pas autre chose...

Qu'est-ce que signifie une promenade dans le marché avec une vieille folle que tout le monde me donne pour parente ?... »

Antoinette baissa la tête.

« Voilà le commencement, madame Bassan ; vous voyez d'ici ce que cette bégueule-là nous prépare !... Mademoiselle se donne en spectacle à toute une ville, et voilà les obscurs et silencieux habitants de Rouge-Bourse l'objet de l'attention générale !... Répondez· moi, drôlesse ; comment avez-vous abordé cette vieille?... »

Antoinette, indignée de cette grossière injure, releva courageusement la tête, et dit avec le ton de la fierté blessée :

« Mon oncle ! jamais personne ne m'a traitée ainsi !...

— Non ?... Eh bien ! prends-en note pour l'avenir. » Et décroisant brusquement ses bras, il frappa d'un soufflet la joue de la jeune fille.

« Allons, vite, tournez les talons, montez dans

votre chambre, que je ne vous voie pas de la
journée : votre tante vous portera du pain et de
l'eau. »

Après le cri arraché par la surprise et la douleur, Antoinette ne proféra pas une parole ; elle
se recula en chancelant, et gagna l'escalier qui
conduisait à sa chambre.

Le 19 octobre.

XII.

« Allons, cela commence et cela n'est pas fini, madame Bassan ! Je veux que le diable m'étrangle si je n'arrive, avec un peu de patience, à être débarrassé de toutes mes craintes ; et le retour de cette mijaurée, qui d'abord m'avait donné de l'inquiétude, m'est une preuve que je puis compter sur mon étoile !... Vous et elle, et puis c'est tout : *Tarroux* est mort...

— Qui vous l'a dit ? — demanda en tremblant Mme Bassan qui avait été s'asseoir, épouvantée, sur son fauteuil de nuit placé sous le manteau de la cheminée.

— Ah ! qui me l'a dit ? *L'ouisoccaw* que je lui ai fait boire le jour de la fête de *l'husca-naouiment* ne se boit pas deux fois...

— L'avez-vous vu dans sa bière ?...

— Non, mais je l'ai vu fuir mutilé dans les bois, et un Indien l'a vu mort sous un bana-nier...

— Je ne crois aux morts que quand j'ai vu jeter sur eux la terre du cimetière...

— C'est que vous êtes superstitieuse, ma-dame Bassan.

— J'ai peur ! — répondit cette femme en re-gardant son mari avec autant d'effroi que si, entre eux, la menace ou le sentiment d'un terrible évènement eût été une situation nouvelle.

— Mais peur de quoi ?... sotte créature ! — s'écria Bassan avec une explosion de voix qui dénonçait une secrète inquiétude.

— C'est aujourd'hui le *dix-neuf octobre*... et depuis onze ans cette date affreuse ajoute à l'horreur de ma position auprès de vous !... Oui, monsieur, oui, quand vient chaque année la nuit du 19 octobre, je revois tout ce que nous avons vu dans l'habitation de *sir Sydney*... O ciel ! quelle horreur !... Monsieur Bassan ! monsieur Bassan !... je vous supplie... par grâce, par pitié, ne me regardez pas... ne restez pas là ; sortez !... Le jour de cet anniversaire, quand je vous aperçois près de moi, je crois tout possible entre nous !... et j'en atteste le bon Dieu qui m'entend, j'ai le cœur plein de sanglots ! je sens le remords déchirer ma conscience... Je vous dis, monsieur Bassan, que le frisson d'épouvante que je ressens peut me faire tomber morte devant vous !... Sortez !... »

Sa physionomie éperdue était capable d'intimider le plus atroce des scélérats. Bassan sortit,
la tête basse, le regard éteint, évidemment do-
miné par une voix qui parlait encore plus haut
dans son esprit que la voix effrayée de sa
femme.

Le maître de Rouge-Bourse erra au hasard
dans le parc du château. Aux approches de la
nuit, il revint et trouva sa femme à genoux sur
les briques de l'âtre, les coudes appuyés sur le
siége de son fauteuil et pleurant amèrement.

« Quand vous resterez dans cette attitude
jusqu'à demain, — lui dit-il avec un énervement
visible dans sa voix et dans l'expression de ses
traits, — cela ne donnera pas à manger à ces
deux ouvriers qui travaillent comme des galériens... Les larmes ne trempent pas la soupe...
Voyons, relevez-vous, madame Bassan... allumez le fourneau ; ôtez *votre lit* de dessous la
cheminée et mettez le feu à une bourrée ; j'ai
froid. »

La malheureuse femme obéit. Son mari prit

un mauvais petit tabouret en paille, et alla s'asseoir, les jambés allongées, dans la clarté blanche et mobile produite par les racines sèches de la bourrée. Là, dans une pose affaissée et méditative, il semblait recueillir ses esprits ; un coup de sifflet *acéré*, aigu et prolongé avec énergie, le fit tressaillir et bondir. Mme Bassan lâcha tout ce qu'elle tenait dans ses mains en disant avec oppression :

« Miséricorde !... Quel signal !... »

Bassan, après une secousse qu'il ne lui avait pas été possible de réprimer, dit en souriant :

« Ces animaux-là demandent leur souper comme les bêtes féroces dans les bois.

— Mais, c'est le signal, monsieur !...

— Le signal de quoi, vieille niaise ? — Dépêchez-vous de leur porter leur soupe ; je vais les faire patienter.

— Ohé ! les hommes, — cria-t-il à pleine voix en s'arrêtant devant le perron, — la faim vous pousse ; arrivez par ici, nous allons jaser en attendant la cuisinière. »

L'abbé le Diable et Lebertre vinrent à l'appel.

« C'est que le charbon est mouillé, mes gars, cela retarde le fricot.

— Dites donc, bourgeois, — commença Lebertre d'un ton nonchalant, — faut avoir fait un vœu à quelque saint mal intentionné contre vous pour vivre comme vous vivez...

— Tu t'arrangerais peut-être bien de mon ordinaire, mon garçon...

— Si vous voulez me prendre pour votre intendant et me donner pour dame de compagnie la jolie demoiselle qui fait votre ménage, je m'engage, foi de Lebertre, à mettre ce château sur un pied un peu crâne...

— Faudrait avoir des rentes...

— Bah ! — répliqua doucement l'abbé le Diable, — le bourgeois n'est pas à ça près de quel-

ques mille livres de rente... mais j'ai entendu
dire qu'il y avait des riches qui aimaient à se
vêtir avec de mauvaises pelures, à manger des
écorces comme celles que vous nous donnez
pour légumes, à geindre toutes les jérémiades
de la Passion, uniquement pour ne pas faire
penser à des sacs cachés dans de bons trous... »

Il y eut un silence qui n'était pas favorable
aux deux ouvriers. Bassan, toujours sur le qui-
vive, interprétait cette obstination à le vouloir
riche, de façon à compromettre la bonne har-
monie entre lui et ses hôtes ; cependant, ne pas
répondre, c'était laisser croire à la vérité du
propos qui venait d'être tenu.

« Du caractère dont je suis, mon brave homme, si j'avais les écus nécessaires pour avoir
une vie commode et agréable, je ne me laisse-
rais jamais reprocher mon avarice !... loin de là !..
Malgré les soixante ans qui couvrent ma tête,
j'aurais encore des caprices et des fantaisies un
peu bruyantes, je vous l'assure.

— C'est égal, bourgeois, insista l'abbé, — on n'est pas le propriétaire de tant de pierres et de si beaux arbres pour mener la vie d'un pauvre artisan...

— Vous voyez bien que si.

— C'est que ça vous sera venu malgré vous, en rêve, par succession... ou peut-être, sans vous offenser, quelque bon maître que vous aurez servi bien fidèlement, pendant une trentaine d'années, vous aura laissé ce domaine dans un coin de son testament. »

Il faisait nuit; la petite lumière qui brillait dans la cuisine parvenait à peine à colorer d'une teinte rougeâtre les vitres salies de la fenêtre; aucun de ces trois interlocuteurs ne pouvait donc se trahir par les involontaires spontanéités du regard. Bassan répondit avec une expression de raillerie :

« Savez-vous, mon compère, la profession qui vous appartenait ?

—Dites, bourgeois, dites toujours...

—Clerc d'huissier... Votre petite figure matoise, votre penchant aux questions, aux renseignements, aux inventaires, doivent vous faire regretter la plume et le papier timbré.

— Vous n'êtes pas généreux, monsieur, je le savais déjà... Clerc? Est-ce que vous ne me croyez pas d'âge à faire *un patron*?... Tel que vous voyez, je n'ai pas toujours porté la pioche...

— Je m'en suis douté, et ce nom *d'abbé* que vous donne votre camarade me faisait supposer que vous aviez eu du goût pour une autre profession...

— Tonsuré, vous voulez dire? »

Lebertre poussa un violent éclat de rire.

« Ah! l'abbé le Diable, faudra nous dire la messe!... Voilà une idée qu'a le seigneur de ce respectable château!...

— Et toi, luron, de quelle paroisse es-tu?

— Moi, je suis né sur un petit chemin qui
commence au glacis nord de Lorient en Bretagne,
et va se perdre sur la route qui conduit à Hennebon... voilà ma paroisse...

— Voilà le souper de ces messieurs, — cria
Mme Bassan de la porte de sa cuisine.

— Allumez une lanterne, madame ma femme,
afin que ces braves gens voient les morceaux
qu'ils mangent...

— Et où allons-nous les manger ? — demanda
Lebertre.

— Dans notre niche donc, grand imbécile...

— Tiens, c'est vrai !... moi qui me voyais déjà
assis devant une belle table ronde et au beau milieu de la salle à manger d'honneur de ce beau
château !...

— Tu voudrais t'attabler avec les rats qui
rongent ma maison par tous les coins... Crois-
moi, mon garçon, la plus grande table d'une ha-

bitation comme celle-ci ne vaut pas l'escabeau de la cabane d'un pauvre. . Au fait, ton compagnon a bien dit : vous mangerez tout à votre aise dans votre petite chambre...

— Et nous serons tout portés pour faire dodo... — reprit Lebertre ; — moi, d'abord, je dors comme une pièce de trente-six de la batterie basse, quand elle dort... Et vous, bourgois, dormez-vous bien ?

— Comme une bûche... Madame Bassan ! eh ! ma femme ! apportez les clés de la petite grille...

— Madame, nous vous souhaitons le bon soir », — dit l'abbé avec politesse.

Il tenait la lanterne. Au moment où Mme Bassan donnait les clés à son mari, la clarté frappa à hauteur de visage ; et par un jeu de la vitre la figure du vieux ouvrier se trouva complètement dans la lumière.

Une exclamation qu'il aurait été difficile de définir échappa à Mme Bassan : elle jeta pres-

que les clés dans les mains de son mari, retourna
en courant dans sa cuisine, en referma brusquement la porte et s'écria avec épouvante :

« Dieu de justice !... si Tarroux n'est pas
mort, je viens de le voir !... » — Et elle tomba
anéantie dans son fauteuil. Au retour de son
mari, elle alla vivement à sa rencontre,
donna un rapide tour de clé à la porte,
poussa les deux verroux du haut et du bas ;
puis, courant à la fenêtre, elle rabattit sur
le châssis vitré un lourd volet retenu par une
forte tringle en fer. Bassan la regardait, et il
allait rire de ce qu'il jugeait être un accès de
folie ; mais en voyant Mme Bassan revenir à lui,
il réprima sa gaîté malveillante, car la peur la
rendait effrayante à voir.

Le portefeuille.

XIII.

« Maintenant, monsieur Bassan, il ne s'agit
plus entre nous de haines, d'insultes et de me-
naces !... il s'agit, non de ma vie, ce serait trop
peu de chose pour vous... mais de la vôtre !...
Vous rappelleriez-vous Tarroux?

— Oui, si je le voyais...

— Il est ici...

— Tarroux !...

— C'est le vieux journalier...

— Ah ça! voyons, madame Bassan, je ne vous ai pas même fait prendre, à vous, l'*oui-soccaw* de la Guyane, qui empoisonne les poissons et les rend fous ; je ne vous ai pas non plus donné à boire une infusion de chènevis pour avoir cette gaîté qui vous prend subitement... Et si mon cidre vous grise, je vous ferai boire de l'eau ; entendez-vous, vieille folle !

— C'est toujours ainsi ! — s'écria la dame avec impatience ; — quand un malheur va venir, tous les avis qui l'annoncent trouvent des incrédules !...

— Mais, quel malheur ? Que voulez-vous dire ?... Pourquoi me ressusciter un homme mort au fond des Amériques, mangé des vers à l'heure où vous en parlez...

— Eh bien ! non, mille fois non ; assommez-

moi si vous le voulez ; je vous dis que Tarroux
n'est ni mort, ni mangé des vers ; j'ai eu comme
une hallucination quand, tout-à-l'heure, vous
donnant les clés, j'ai regardé son visage dans la
lumière de la lanterne ; ce n'est pas sa figure
que j'ai reconnue, c'est le regard... C'était Tarroux dans la nuit du 19 octobre, causant avec
vous, un peu avant *le moment*, près des chau-
dières de la sucrerie ;... comme tout-à-l'heure il
portait une lanterne... Monsieur Bassan, nous
sommes perdus !... »

Il y avait une conviction si énergiquement exprimée par la voix et l'air de madame Bassan,
que son mari, sans être persuadé, se mit à déli-
bérer : il marcha dans la cuisine, jetant tout haut
ses réflexions. «Tarroux vivant !... revenu en
France !... quelle probabilité !... Survivre à l'effet du poison que je lui ai versé, cela ne s'est jamais vu ; d'ailleurs, quand la folie s'est emparée
de lui, lorsqu'il s'est enfui dans l'avenue de bam-
bous, je lui ai tiré deux coups de fusil ; il a été

atteint, j'en suis sûr ; on a vu du sang tout le long
d'un sentier sur lequel il s'est traîné ; l'Indien
Clott ne s'est pas trompé ; il l'a trouvé mort sous
un bananier... Il y a bien quelque chose de Tarroux chez ce vieux journalier : la taille, le mouvement du corps, la coupe du visage, un peu de
la voix ; mais Tarroux avait d'épais sourcils
blonds ; celui-ci les a noirs, ainsi que le peu de
cheveux qui lui restent... Tarroux, ancien huissier, était, par ses habitudes, par la faiblesse
même de son corps, dans l'impossibilité de se
livrer à un travail fatigant et manuel ; celui-ci
manie la tournée comme ferait un compagnon de
trente ans... On se fait des cheveux, des sourcils,
on dénature certains signes extérieurs, on ne se
donne pas une force physique qu'au temps même
de la jeunesse on n'avait pas eue... Ce journalier
a bien certaines allures qui fixeraient l'attention :
il parle peu, et, quand il parle, c'est pour une
question, une investigation, une manière d'in-
ventaire... mais les analogies dans les physiono-
mies amènent celles dans les caractères ; la res-

semblance incomplète de ce journalier avec Tarroux suffit pour produire certains rapproche-
ments... »

Bassan fit un silence tout en continuant sa
marche.

« Si vous saviez, monsieur, — lui dit sa femme
dont l'angoisse ne diminuait pas, — si vous saviez comme le regard de cet homme était celui
de Tarroux!...

— Eh bien! si, en effet, ce pouvait être Tarroux, il ne sortirait pas d'ici!...

— Oh! mon Dieu, monsieur Bassan, encore
un meurtre!

— Dix, s'ils sont nécessaires à ma sûreté.

— Mais cet homme n'est pas seul...

— Voilà la plus réelle difficulté...

— Et si cet homme est celui que je crois, alors,
monsieur Bassan, nous sommes perdus!... Tar-

roux nous a reconnus, lui ; nos noms ne sont pas changés...

« — Allons, ceci m'éclaire et me décide... ce n'est pas *Tarroux* !... Venant chez moi, il a autre chose à y faire qu'à suer sang et eau pour me creuser des trous dans mes terrains !... Voilà deux jours que je le nourris comme un rat des champs, que je le couche comme une bête de somme, et, sur un mot adroitement dit, il pouvait, en une heure, me faire meubler richement la plus belle chambre de Rouge-Bourse... Il n'avait, par Dieu ! pas besoin de tant de finesse pour m'amener à composition... Assez ! plus un mot ; blottissez-vous sous votre cheminée et laissez-moi tranquille... Bon soir. »

Il rentra dans sa chambre ; mais tout aussitôt, inspiré par un instinctif sentiment de précaution, il tira d'une armoire un pistolet demi-arçon pareil à celui qui était sur sa table de nuit, chargea les deux armes, ôta de dessous son traversin un sabre-briquet (sabre aujourd'hui réformé pour la plus grande fortune de M. le maréchal Soult), et, avec une précaution toute prémédi-tative, il disposa sur son bureau cet arsenal protecteur; il fit plus, — après être resté long-temps absorbé dans des réflexions qui devaient être pénibles, — il se jeta tout habillé sur son lit.

Cette fois il n'y eut de sommeil ni réel ni apparent dans la chambre aux lits de paille. L'abbé le Diable était persuadé qu'il avait été reconnu par Mme Bassan. A peine furent-ils *bouclés* par le maître du château, qu'entre eux s'établit un conciliabule décisif.

L'*abbé* avait l'agitation du corps, du geste et de la voix, des natures dont le physique ne répond pas à l'énergie morale, surtout des natures méchantes et se rapprochant, par la perversité et la férocité de leurs penchants, des instincts farouches de la bête fauve et carnassière (ceci est de l'anatomie *comparée*). Il allait et venait, à l'imitation de Bassan, dans cette petite chambre, et organisait dans sa tête les moyens d'exécution de son complot. C'était son heure d'élever la voix, de commander à cet athlète vigoureux et jeune qui, pendant le jour, affectait sur lui une supériorité brutale.

« Lebertre, il faut en finir et de bonne heure... Jette par terre ce sale souper; cette nuit, nous ferons bonne chère et je te condamne au jeûne jusqu'à ce que la besogne soit faite !...

— Vivat, monsieur l'abbé !... pour les chiens, ce potage Bassan... Je veux à minuit mettre douze poules à la broche et boire la dernière goutte de vin de la maison en compagnie de la jolie fille !...

— Procédons par ordre, grand fou !... Bien avant l'heure de sa ronde, il faut enlever deux barreaux de la grille, et tu iras pousser une reconnaissance jusque sous les fenêtres du châtelain ..

— Oui, maître...

— Tu examineras bien les lieux et reviendras aussitôt m'avertir... Nous entrerons par la fenêtre nord du rez-de-chaussée, la dernière de ce côté ; un long corridor règne derrière les pièces et dans toute la longueur du bâtiment. J'ai eu le temps de voir qu'une petite porte dans la chambre de Bassan donne sur ce corridor ; je réponds de la serrure... Le pis, c'est un coup de feu à essuyer ; mais tu sais la manœuvre : de grands coups en avant avec un bâton, et le corps de côté, très en arrière ; le coup de feu manque toujours son but... Est-ce dit ?

— C'est dit. »

L'abbé saisit la main de Lebertre et mit de *l'onction* en lui adressant ces paroles :

« Écoute-moi, *mon fils*, la veille de chaque grande affaire où il y a chance de mort, l'ami doit serrer la main de son ami, le père doit embrasser son enfant... Embrasse-moi. Agis en tous points avec prudence et fermeté ; si

tous tes mouvements sont conformes à mes ordres, je t'assure une fortune et je te donne
deux heures pour souper *avec* la nièce des Bassan...

— Maître, le mariage est fait ! — s'écria le
luxurieux Lebertre.

— A l'œuvre... Il vaut mieux commencer la
besogne à l'instant ; va scier les barreaux. »

Ce fut l'affaire de trois minutes.

« C'est fait ?

— Enlevés !

— La nuit est noire ?

— Comme une cave.

— Marche en avant, le poignard dans ta
main gauche... Regarde bien et reviens vite. »

Aussitôt que l'abbé vit son dogue lancé, il se
frotta les mains avec vivacité et adressa un in-

fernal sourire aux images qui se présentaient à
sa pensée :

« Ah! mon Guillaume Bassan! nous allons,
je l'espère, nous dire bon soir tout à notre
aise!... Après onze ans de séparation, nous avons
bien des choses à nous dire!... Je sais comment
tu sers le laitage, comment tu t'exerces au fusil; je vais t'apprendre comment *Tarroux*
manie la tenaille et le couteau!... Quant à ce
grand Lucifer, je vais le laisser s'endormir,
aviné, auprès de la petite fille, puis je l'enver-
rai rejoindre son père sans confession... »

« Me voici, maître.

— Tu as bien observé?

— Impossible.

— Comment! impossible?

— Tout est fermé... Les volets en dedans.

— La porte de la cuisine est fermée?

— Je m'en suis assuré... Nul bruit, si ce n'est le châtelain qui ronfle.

— Lebertre, voilà mon plan. Je vais ouvrir la porte de Bassan ; s'il se réveille, le plus qu'il puisse nous adresser, c'est deux coups de feu : trois pas en arrière derrière la porte, si elle ouvre en dehors ; à la gauche du tireur, si elle ouvre en dedans... Ses deux coups partis, il faut te jeter sur l'homme ; il est vigoureux encore, mais je t'aiderai... Je m'arrangerai pour lui ouvrir une veine ; pas assez pour le tuer, assez pour *géner* ses mouvements. Nous le garrotterons et le bâillonnerons... Cela fait, tu courras au dehors, à la porte de la cuisine, pour empêcher la Bassan de sortir ; quant à la petite, elle perche au plus haut du château ; je l'ai vue à sa fenêtre pendant la journée ; rien à craindre de sa part... Tu m'as bien compris ?

— Parfaitement, monsieur l'abbé.

— Tu as le briquet, la bougie, les cordes, ton poignard, les limes ?

— Oui, maître.

— Marchons. »

Les deux journaliers firent d'abord, avec la
prudence des chats, le tour du château, écou-
tant à chaque pas, s'arrêtant devant chaque fenêtre. Comme l'avait dit Lebertre, la nuit était
noire, nuit brumeuse d'octobre, pas une étoile
pour rappeler le ciel. Une brise nord-ouest agitait pesamment la feuillée des arbres du parc, et
lui faisait rendre, avec le bruissement continu
d'une grande pluie, le gémissement sourd et
profond de l'ouragan à demi-assoupi.

« Le temps est superbe, Lebertre!

— Oui, maître... Si la grande chouette ne
chante pas, nous avons la victoire!...

— Si la grande chouette vient à chanter et
que tu prennes la fuite, je te poignarde sans pitié.

— Merci, maître ; on y veillera. »

Ils s'arrêtèrent devant la fenêtre de Bassan et écoutèrent... Le propriétaire de Rouge-Bourse ne ronflait plus ; il toussait très-fort, et le frottement d'un meuble sur le parquet se fit entendre...

Les journaliers se sauvèrent à pas légers vers un petit massif de lilas qui masquait le pigeonnier du côté du château.

« Ce n'est rien, Lebertre ; le vieux drôle a une quinte ; ses rêves l'étranglent et le font tousser... C'est un quart d'heure à attendre le retour de son sommeil... »

Lebertre laissa échapper une légère exclamation de surprise.

« Qu'as-tu ?

— Ma foi, je ne sais pas ce que j'ai... Moins bon camarade, je ne dirais rien ; mais avec vous, maître, c'est à la vie et à la mort !... Je viens de trouver un petit portefeuille que mon pied a heurté contre la plate-bande.

— Mets-le dans ta poche... et vas en vedette. »

Le chien de chasse le mieux dressé n'aurait pas mieux obéi au geste du chasseur que Lebertre à la parole de son vieux compagnon.

Il revint après quelques instants.

« Plus rien... aucun bruit ! pas un soupir.

— A la fenêtre du nord. »

Un diamant eut bientôt coupé la vitre. Comme la fenêtre n'était gardée par aucun volet ni persienne, ils pénétrèrent dans la pièce, puis dans le corridor. A l'instant où ils s'arrêtaient devant la porte de Bassan :

« Attends, — dit l'abbé le Diable à son complice, — j'ai aussi ma superstition. Ce portefeuille trouvé peut être un coup du sort.... il peut contenir l'indication de la cachette... Reti-

rons-nous dans le jardin pour visiter le portefeuille...

— Maintenant, c'est trop tard...

— Fais ce que je t'ordonne de faire, et tais-
toi. »

La retraite s'opéra sans accident.

Dans les bras de Lebertre.

XIV.

Lorsqu'ils se retrouvèrent dans la grande chambre, l'abbé le Diable fit une halte, l'oreille au guet.

« Pas le moindre bruit; l'ours est endormi; arrêtons-nous ici. Lebertre, pousse doucement la porte et allume la petite bougie en la plaçant dans la cheminée ; la clarté ne sera pas visible du dehors, ni sous la porte. »

Lebertre exécuta l'ordre.

« Maintenant, donne-moi le portefeuille... tiens-toi à l'entrée, une oreille sur le corridor. »

L'abbé le Diable s'accroupit devant l'âtre de la cheminée, posa le portefeuille à terre après l'avoir entièrement vidé, et, d'une main rendue tremblante par l'attente et l'espérance, il éparpilla sur le marbre plusieurs papiers pliés, n'osant en choisir un.

« Mille diables ! — murmura-t-il, — si nous trouvions le numéro de la cachette, sans avoir besoin de jouer du couteau !... »

Il prit enfin un des papiers, l'ouvrit, le parcourut...

« Que le tonnerre du ciel écrase tout l'enfer !... une lettre d'amour !... — s'écria-t-il d'une voix basse et sifflante.

— Du père Bassan ? — demanda Lebertre en se penchant en arrière du côté de la cheminée...

— Non ; d'un Louis Solmignac...

— Hein ! — fit Lebertre en faisant un bond de côté.

— Qu'est-ce qui te prend, grand imbécile ? vas-tu te tenir en repos ? »

Lebertre était arrivé derrière Tarroux.

« Dites donc, monsieur l'abbé, vous avez dit un nom tout-à-l'heure ? — demanda-t-il avec auxiété.

— Veux-tu retourner à ta faction, grand drôle !

— Non ; je veux savoir le nom que vous disiez tout-à-l'heure.

— Louis Solmignac.

— Où ça ?

— Là, animal !...

— Voulez-vous me lire la lettre ? — insista Lebertre avec une émotion que ne pouvait trahir sa voix trop basse.

— Veux-tu retourner à ta guérite et me laisser examiner ces papiers : *quart d'heure perdu, homme pendu...*

— Non, je veux la lettre.

— Je n'ai pas le temps.

— Je veux la lettre, ou je vends la mèche.

— Gredin ! — fit l'abbé le Diable en retournant la tête et jetant un regard farouche sur son complice, droit et immobile au-dessus de lui. L'impassibilité redoutable de Lebertre rendit de la complaisance à son vieux compagnon.

« Écoute donc alors, grand amoureux...

« Laure, gentille amie ; — il s'interrompit, et avec un rire diabolique :

— Laure, c'est ta fiancée de cette nuit ; ainsi tu connais déjà ton rival...

— Allez toujours, monsieur l'abbé.

« En te quittant, hier soir, je n'ai pu que par un serrement de mains te dire mon dernier bon-soir avant mon départ ; mais cette lettre, sur ton cœur, restera comme le gage de tous les serments que j'aurais voulu te faire de vive voix, ma bouche près de ta bouche, mes yeux près de tes yeux... »

— C'est-il joli ce que je te lis là, Lebertre?... J'espère que voilà un Cadet-Roussel qui parle chaud !...

— Allez toujours, monsieur l'abbé... — in-sista Lebertre sans changer de ton.

« Je pars, gentille amie , mais la main sur mon cœur et mes yeux au ciel, je te jure que Louis Solmignac , enseigne du vaisseau *l'Her-cule...* »

Un frisson courut sur le corps de Lebertre, à

ce point que ses genoux heurtèrent violemment le dos de Tarroux.

« Est-ce que tu tombes du haut-mal, grand jaloux ?

— Allez toujours, monsieur l'abbé… »

« Enseigne du vaisseau *l'Hercule*, s'il ne meurt, t'épousera !... Douce et adorée jeune fille, tu m'as montré dans ta condition malheureuse et souffrante les vertus qui peuvent faire la richesse d'un honnête homme..... Cette richesse sera la mienne... ta confiance ne sera point trompée ! Que Louis Solmignac périsse comme un lâche, s'il ne devient ton époux !... Que tout ce qui au monde s'intéresse à moi et m'aime, s'intéresse à toi et veille sur toi. Louis SOLMIGNAC.

« Norfolk,— en Virginie, 30 octobre 1841. »

L'abbé le Diable ne vit pas que Lebertre essuyait des larmes qui venaient de jaillir de ses yeux.

« Es-tu content, grand niais ? voilà un sujet

de conversation tout trouvé avec ta fillette, tout-
à-l'heure... Dépêchons la besogne...

— Monsieur l'abbé, pendant que vous cherchez le reste, je vais mettre l'oreille sur la serrure du Bassan...

— Marche doucement... »

Lebertre sortit en effet.

« C'est le portefeuille de la nièce, — se dit
Tarroux en parcourant plusieurs lettres ; — peste
de la trouvaille...

— Alerte !... alerte !... monsieur l'abbé ; le
vieux a toussé et vient de remuer une chaise
près de la porte... Sortons de la cage... »

La lumière fut éteinte.

« Ramasse la bougie, »— dit l'abbé, prompt
à escalader la fenêtre le premier.

Lebertre prit la bougie et rassembla adroitement tous les papiers avec le portefeuille qu'il

remit dans la grande poche de sa veste, puis il franchit la fenêtre.

Tarroux attendait à vingt pas, sur le côté de la maison.

« Ce n'est peut-être qu'une alerte, Lebertre ; approchons-nous davantage... Il n'y a pas de mal à ce que la fenêtre ouverte avertisse Bassan ; s'il ose la franchir, il est à nous...

— Oh ! que non, monsieur l'abbé ; nous avons à causer...

— Demain.

— Tout de suite...

— Deviens-tu fou ? Qu'as-tu à me dire ?

— Deux mots...

— Parle...

— Pas ici ; dans notre petite chambre, vous m'entendrez mieux... »

Tarroux se pencha tout près de Lebertre :

« Écoute, mon garçon, vertigo ou lâcheté, tu me parais manquer de résolution ; je te préviens, en ami, foi de *bonnet vert*, que si tu *renâcles*, je te saigne... Je veux agir et tout de suite...

— Vrai ! monsieur l'abbé ?

— Vrai.

— Eh bien ! moi, je ne veux pas que vous agissiez ! — s'écria Lebertre presque à haute voix en enlevant l'abbé le Diable dans ses bras puissants et le serrant contre sa poitrine de façon à lui retenir les bras fixés contre ses hanches...

— Trahison !... — dit Tarroux à demi étouffé par cette pression épouvantable des bras d'acier du grand Lebertre.

— Un mot de plus, monsieur l'abbé, et je vous enfonce les côtes ! — répondit l'insubordonné soldat de Tarroux ; et il emporta, en courant, son compagnon jusqu'à la petite grille. De ce moment, devenu maître à son tour ou im-

placable ennemi, il parut décidé à maintenir sa
supériorité : il fallait se courber pour passer par
l'ouverture des deux barreaux enlevés, il déposa son fardeau.

« Allons, l'abbé, vous n'êtes pas gros, passez
vite ; et si je sens une pointe de fer, avant que
vous m'ayez traversé le premier cuir, je vous
éventre ! » — Il passa le plat d'une large lame
sur la figure de l'abbé le Diable ; et celui-ci,
abasourdi par l'échec imprévu qu'il essuyait, par
la folle révolte de son complice, perdait le sang-
froid en même temps que l'autorité du commandement ; il subissait, homme de mauvais coups
et de mauvaises actions, le despotisme brutal
d'une force qui pouvait résumer son action par
la mort. Tarroux n'avait pas seulement la faiblesse de son âge pour conseiller la prudence,
mais aussi les facultés du froid calcul, de la *sa-
vante* préméditation et de la longue patience
que, dans toutes les conditions de la vie, donne
l'expérience à ceux qui ont beaucoup vécu.

Qu'aurait-il gagné à poignarder Lebertre, eût-il été certain de l'abattre à ses pieds?

Il le laissa donc passer sans péril l'espèce de guichet de la grille, s'enferma avec lui dans la petite chambre, et attendit, immobile, que Lebertre eût allumé leur bougie.

Il aurait pu paraître curieux d'examiner ces deux visages lorsque la lumière les éclaira. Tarroux, excessivement pâle, avait repris une physionomie placide et débonnaire. Lebertre, au contraire, monté au ton de la colère, avait tous les muscles de la face contractés; ses yeux étaient fortement injectés; sa bouche, ordinairement ricaneuse, exprimait la violence et la menace.

« Eh bien ! grand nigaud ! te voilà bien avancé?

— Bien avancé, l'abbé !... je le crois bien !... Est-ce que vous n'avez pas pris garde à ce que vous lisiez?

— Cette lettre d'amour?

— Signée Louis Solmignac... Et savez-vous

ce qu'est pour moi l'enseigne du vaisseau *l'Her-cule* ?... Ma mère a été sa nourrice... La chau-mière de ma pauvre mère, et les soixante per-ches de terrain qui l'entourent, c'est M. Solmi-gnac, le père, qui en a fait l'emplette et le cadeau ; et quand j'ai jeté à la mer le maître gabier qui m'avait coupé la figure d'un coup de garcette, j'étais à bord du vaisseau *l'Hercule* où Louis Solmignac venait d'arriver comme *élève* de seconde classe ; et quand le conseil de guerre m'eut condamné aux galères pour avoir fait pi-quer une tête au gabier, Louis Solmignac se jeta à mon cou en criant avec larmes ! *Je ferai une belle action et j'irai demander ta grâce au roi !...* Comprenez-vous, maintenant, mon-sieur l'abbé !

— Qu'a de commun ton frère de lait avec ce Bassan ?

— Comment ! Et la dernière phrase de la lettre : *Que tous ceux qui m'aiment veillent sur toi...*, est-ce que ce n'est pas assez pour me ren-

dre sacrée une maison où repose la jeune fille
qui sera la femme de Louis Solmignac ?

— Imbécile !...

— Je ne dis pas non, et je m'en passe la fantaisie tout à mon aise... Mais quant au château de
Rouge-Bourse, et au Bassan, et à Mlle Laure...
c'est une fantaisie à laquelle il nous faut renoncer, vous et moi : moi, parce que c'est mon devoir ; vous, parce que je le veux !... »

Tarroux haussa les épaules.

« Quand vous vous feriez bossu, ça ne vous
rendrait pas plus méchant que vous n'êtes ; et
je ne vous crains pas. Vous êtes un rusé, un
vieux renard. Au bagne de Brest, ils avaient
tous peur de vous... Quand les amis ont su que
je *filais mon nœud* en votre compagnie, ils
m'ont tous dit : *Prends garde...* Et je suis parti
cependant, décidé à vous aider dans la recherche
d'un meilleur sort !... Mais de tous les bons con-
seils de ma vieille mère, si je n'ai gardé que le

I.   14

souvenir de celui qui me parlait des Solmignac,
à celui-là, du moins, je serai fidèle... Le sac
qui contient la fortune de ce Bassan serait là,
sous notre main, nous n'y toucherions ni l'un ni
l'autre... Bassan, son or, sa maison, sa femme,
sa nièce, saluons-les, et retirons-nous demain
comme de braves gens...

— Va comme tu dis, Lebertre, — répliqua
Tarroux d'une voix soumise et résignée ; —
et puis, demain, Bassan ira chercher la gendarmerie et nous fera reconduire à Brest.

— Qu'il le fasse, s'il y songe... Pour moi, je
vous dis, monsieur l'abbé, que je respecterai
ce lieu où nous sommes, aussi bien que le ci-
métière de mon village.

— Nous n'avons plus qu'à dormir, sage Lebertre...

— Dormez si vous voulez, monsieur l'abbé...
mais, parce que je ne crois pas à votre sommeil,
j'aime mieux veiller ; et comme la petite bougie

va s'éteindre, il est plus prudent de vous ôter des tentations qui vous viendraient, j'en suis sûr... »

En disant cela, Lebertre saisit la porte, se jeta en dehors et donna un tour de clé : lui dans la cour, l'abbé le Diable dans la chambre.

Le reste de la nuit fut calme. Le vieux *bonnet vert* se coucha sans bruit et la rage dans le cœur ; son jeune compagnon, assis sur une borne près de la grille, se mit à penser ; il se reporta au temps où, sur la route d'Hennebon, il jouait tout enfant avec Louis Solmignac, son frère de lait.; et, suivant en idée le cours des années, voyant qu'il avait traversé le bagne pour arriver à la place où il se trouvait, — se rappelant qu'il avait été, cette même nuit, sur le point de tuer la famille de la fiancée de Solmignac, de violer la jeune fille, un cri de rage lui échappa, il se frappa la poitrine ; puis des larmes, en calmant son irritation, rendirent sa douleur plus vraie, ses regrets plus sincères.

La promenade matinale.

XV.

Aux premières lueurs du jour, Lebertre ouvrit la chambre. L'abbé le Diable, encore couché sur la paille, le regarda et sourit :

« Au fait, mon garçon, je crois ton accès de folie salutaire et tes précautions fort sages ; je m'éveille plus calme que je ne m'étais couché et mieux éclairé sur mes intérêts. J'ai réfléchi *en dormant* : tous les Bassan le cou coupé ce matin, c'était gênant, et le plus lourd des sacs d'écus n'était pas le plus commode à porter... Nous nous en irons plus lestes et plus dispos, et moi plus riche peut-être... J'ai mon projet... »

Il se releva, vint à Lebertre qui le regardait attentivement, et lui tendit la main :

« Dis-moi bonjour ; je ne t'en veux pas... Quant à Bassan, pour nous en tirer, il faudra payer d'aplomb ; j'y ai songé. »

Le coup de force de Lebertre était presque passé ; un sentiment généreux lui avait donné, au moment du danger, une extraordinaire au-dace contre l'homme qu'il signalait comme le plus dangereux des galériens ; mais ce moment ayant eu son terme, la péripétie changeant et exigeant le calcul des idées, c'était le tour de l'abbé le Diable. Lebertre s'effaçait devant le travail de l'intelligence et reprenait, parce qu'il n'y avait pas urgence qu'il fît autrement, le ton de vasselage, plus soumis et plus fréquent encore dans la classe *du peuple* (qui prétend le plus à l'égalité) que dans la classe intellectuelle.

« Quant à ce qu'il faut faire pour sortir de cette maison, cela vous regarde, monsieur l'abbé. Les finesses et les arrangements des grands esprits, c'est votre affaire... Vous avez remué du papier timbré et fait des *sommations*. Vous êtes un savant!... Parlez, j'obéirai...

— Elle est jolie ton obéissance; je t'en fais mon compliment!..Allons, sans rancune, prends ta tournée, ton petit paquet, repassons le guichet, et allons nous promener devant le château comme des aimables ouvriers qui attendent la paie...

— Vous êtes un drôle de corps, monsieur l'abbé!...

— Je t'ai trouvé beaucoup plus drôle cette nuit.

— Oh ! non, pas tant que vous ; vous avez des mots ébouriffants dans les instants difficiles,.. Je me rappellerai toujours le quart d'heure où vous avez coupé nos *ficelles* avant de quitter le préau du bagne... Comment nommiez-vous donc *la chaînette ? le cordon ombilical de l'homme au sortir de la vie...* J'ai trouvé ce mot un peu cossu...

— Tâche de trouver ton sang-froid... En avant, marche !... »

Et, sans plus de façon, ils allèrent se promener crânement, de long en large, devant le perron de Rouge-Bourse.

Au troisième tour, Bassan ouvrait son volet, et, à travers la vitre sans rideaux, il aperçut ses hôtes, qu'il avait enfermés derrière une grille, la veille au soir, marchant nonchalamment devant sa fenêtre et faisant sauter le sable avec la pointe de leurs souliers, tout aussi ingénuement que si on les eût priés d'attendre à cette place.

Il crut rêver tout éveillé. La première pensée qui lui vint fut de s'armer, de faire feu sur eux ; mais en plein jour, sans nécessité prouvée, cela pouvait avoir des *inconvénients*. Il cacha dans la poche de sa longue redingote un de ses pistolets et frappa du doigt à *la glace sans tain*.

« Ouvrez, sorcière, voilà vos amoureux qui rôdent près de votre chambre à coucher...

— Vous êtes plaisant dès le matin, monsieur Bassan...

— Et vous jolie!... Allons, faites du jour dans votre *souricière*, et ouvrez-moi la porte. »

Il alla, non pas précisément avec hésitation, mais avec prudence, au-devant des promeneurs.

« Bonjour, messieurs... Eh bien! qu'y a-t-il? je vous trouve un air endimanché... est-ce que vous avez été à la fête du village voisin, cette nuit?... ou bien, peut-être que vous êtes somnambules; quand on vous enferme à double tour, il se trouve que les serrures sont comme

de carton... Vous souriez, vous, le petit maigre ?
Il y aurait cependant un peu de gendarmerie dans
votre promenade matinale... »

Pendant ces dernières paroles, Bassan enfon-
çait son regard dans le regard de l'abbé le Diable ; il explorait avec une avidité mêlée d'anxiété
cette physionomie dont il avait imprudemment
perdu le souvenir ; et, peu à peu, la ressemblance
avec Tarroux lui revenait : c'est que Tarroux
ne se grimait plus et laissait à cet instant parler
sa physionomie, comme sans doute elle avait
parlé autrefois en présence de Bassan.

« Vous dites donc, monsieur, que vous nous
trouvez bien prompts à sortir du boudoir que
vous nous aviez donné pour chambre ? — Il tira
une lime de la poche-gousset de montre de son
pantalon.

— Avec ceci, monsieur, on n'a pas besoin
d'être somnambule pour ouvrir des grilles fer-
mées.

— Mais qui êtes-vous ? — s'écria Bassan avec

une expression menaçante qu'affaiblissait cependant l'inquiétude. — Montrez-moi vos papiers!...

— Qui nous sommes?... de pauvres ouvriers à qui vous devez deux jours de paie et qui vont vous dire adieu.

— Mais vous étiez engagés pour huit jours...

— Vous seriez bien embarrassé si le marché tenait!... Regardez cette fenêtre...

—Ouverte!...

— Avec ce diamant...

— Vous avez donc escaladé?

— Nous avons, inquiets de votre santé, voulu nous assurer du calme de votre sommeil!...

— Cette nuit!

—Cette nuit...

— Et vous avez voulu m'assassiner!...

— Non; vous demander le capital de trois mille livres de rente; voilà tout. »

Bassan parlait et questionnait avec cette persistance inintelligente des gens qui, sous l'empire d'une poignante préoccupation, marchent
à un but sans y voir, sans entendre. La présence de Tarroux lui donnait le vertige, des
brouillards s'élevaient dans sa pensée, et peu à
peu son audacieuse présence d'esprit s'affaissait,
comprimée par la terreur. Aussi, chacune de ses
questions, niaise à force d'être grave, semblait-
elle promettre l'impunité à son redoutable interlocuteur. Toutefois, à moins de la prostra-
tion complète de toutes les puissances de la
volonté, il reste toujours, jusqu'à un certain
degré, chez l'homme extérieur, la faculté de
cacher, par l'ostentation du maintien, la détresse
qu'il y a dans le cœur, les désespoirs ou les
épouvantes qui s'y débattent.

Le rude Bassan ne pouvait, d'une manière
absolue, abandonner la partie... mais elle était
engagée ; Tarroux s'était révélé.

« Éloigne-toi de deux semelles, grand Lebertre, — dit le vieux journalier avec calme. — Laisse monsieur me compter le prix de nos deux journées : sois tranquille, tu auras ta part. »

Lebertre s'arrêta; Tarroux et Bassan firent encore quelques pas en avant, puis, se placèrent l'un devant l'autre : la sueur paraissait au front de Bassan. Tarroux affectait un ricanement à petit bruit, vraiment cruel :

« Dam, mon doux compagnon, sans l'Indien *Clott*, qui t'a annoncé ma mort, tes deux balles et ton lait *préparé* faisaient de mon corps un vrai cadavre!... De sorte que ma succession ayant naturellement grossi ta part, tu es venu en ce pays reposer ta vie dans les loisirs du propriétaire?... C'est bien à toi!... Imagines-tu d'ici la petite liquidation que nous avons à faire entre nous ? le *pour-solde* aura besoin d'être examiné! et tu peux croire qu'ancien huissier, je saurai te produire un *mémoire de frais* un peu compliqué!... Pour le moment, tout uniment nos deux journées à *cinquante sous,* cela fait *dix francs,* pour ce grand diable qui est là et pour moi...

— Comment, dix francs ! — balbutia Bassan.

— Pas davantage, et c'est une surenchère sur les trente sous que tu nous avais généreusement alloués... Il est vrai que tu as bien fait les choses ! de la soupe et de la paille, dont un chien t'aurait dit : *Je n'en veux pas !...*

Dix francs de paie.

XVI.

« Allons ! voyons, mon vieux ami, dépêchons ;
desserrez votre bourse pour payer les journées
de deux pauvres ouvriers ; donnez-moi *dix*
francs et que je parte. »

Bassan était sérieusement épouvanté de la
conclusion que cachait la bizarrerie de ce
chiffre.

« Mais vous m'en vouliez demander *soixante mille* cette nuit? — répliqua-t-il sans y mettre de fermeté.

— Chiffre de gentilhomme et d'agent-de-change; histoire de rire : Tarroux s'amusait. »

Le sourire de l'abbé le Diable avait une expression de méchanceté qui porta au plus haut point la perplexité du maître de Rouge-Bourse, car le compte à rendre à *ce ressuscité* était, en effet, d'une nature telle qu'il devait en résulter la ruine entière de Bassan; — et que l'échafaud, sans le solder, pouvait en caractériser l'importance.

« Avoir barre ainsi qu'il l'a sur ma fortune et ma vie, et me laisser dans la sécurité! ne me demander que le salaire du pauvre journalier!... Je l'ai renversé à terre avec deux balles de fusil et du poison dans le corps, et il va s'éloigner; et cet homme oublieux, c'est Tarroux?... Non, cela n'est pas possible! » Cette réflexion traversait rapidement l'esprit de Bassan pendant que, silencieux, il examinait la physionomie de son ancien complice; et la réflexion ramenant la lucidité, la lucidité justifiant la peur, le terrible châtelain se sentait à la torture. Toutefois, il comprenait judicieusement que pour se soustraire à un grand danger à venir, il lui fallait braver celui qui se trouvait en présence.

« Eh bien ! non; je ne crois pas que Tarroux s'amuse en demandant soixante mille francs; je suis persuadé, au contraire, qu'il demande une somme à lui due par son pauvre vieux *associé. Soixante mille* francs, c'est un capital énorme! Pour un triste propriétaire qui n'a pas une charrue attelée sur sa terre, soixante mille francs, c'est un chiffre introuvable!... Mais enfin, en cherchant dans tous les recoins où j'ai fait des petits placements, en vendant une grande partie de mes bois, avec du temps, j'arriverai... Dis-moi cela; demande-moi rondement cette somme, je l'aime mieux ainsi, Tarroux... et nous prendrons jour, nous fixerons une époque; à l'heure dite, tu recevras ta somme, et nous demanderons à Dieu de nous pardonner le passé... Hein! est-ce dit?... est-ce convenu?... »

L'ancien huissier resta quelques instants sans répondre : lui aussi il affectait d'examiner Bassan, et après un rire aigu :

« Mais c'est à n'y pas croire! comment, voilà ce que produit la richesse! D'un homme sensé, froid, égoïste et profond calculateur, elle fait un trembleur et un prodigue, un véritable écervelé qui, sans rime ni raison, dit au premier pauvre diable venu : *Veux-tu soixante mille francs? je vais te les donner...* D'après ce que je vois, quand la fortune vient aux indigents, leur judiciaire déménage... Pauvre Bassan, je te supposais solidement trempé et tu n'as pas su résister au bonheur! Tu es fou, mon brave homme!... soixante mille francs, à moi!... Est-ce que j'ai une charrette pour les traîner? un beau château pour les enfouir?... Finissons cette plaisanterie peu généreuse; mange le produit de ta terre, bois le vin de ton crû, vis doucement, *dors toutes tes nuits,* comme un juste... et donne-moi dix francs.»

C'était à rendre fou, en effet; car cette cruelle modestie, cette insouciance, cachaient un complot abominable; c'était à n'en pas douter, le passé entre ces deux hommes étant ce qu'il était.

« Du moins, où vas-tu résider?... Cette tenue d'ouvrier n'est qu'un déguisement, une manière de traverser le pays? je ne veux pas en savoir le motif, cela ne me regarde pas; mais indique-moi un lieu de séjour, une maison où je pourrai t'aller trouver...

— C'est impossible...

— Pourquoi?

— Pourquoi! pourquoi! parce que c'est impossible...

— Tu as un but... Passant sur cette route d'Allemagne, tu savais où tu allais...

— Non.

— Tu ne veux pas me dire que tu venais à Rouge-Bourse ?

— Je n'y venais pas... Je ne savais même pas que tu fusses en Europe.

— Comment ! tu te résignes à courir les chemins en compagnie de ce grand drôle, et tu vas sans savoir où ?

— Comme un galérien échappé du bagne... — répondit étourdiment le bonnet vert.

— Au bagne ! — s'écria Bassan ; » — et une joie rapide passa sur son visage.

Tarroux s'en aperçut et mordit sa lèvre inférieure comme un enfant qui a trop parlé.

« Ah ! au bagne !... — reprit Bassan avec lenteur et réflexion. — Décidément, Tarroux, que voulez-*vous* ?

— Deux cent mille francs ou dix francs.

— Je vais vous donner *dix* francs. »

Et Bassan, respirant plus librement, marchant d'un pas plus ferme, alla dans sa petite chambre chercher la paie des journaliers. Pendant qu'il s'éloignait, sur un signe de Tarroux, Lebertre s'approchait.

« Eh bien! comprends-tu maintenant, grand *bonasse*, que je connaissais cet homme?

— Pardieu, c'est clair!

— Comprends-tu que le vieux Tarroux aime le *petit* Lebertre comme son fils... que, sans cela, le Bassan de l'enfer était poignardé!

— Vrai, monsieur l'abbé?

— Aussi vrai que tu es une bête d'avoir été te souvenir de ces Solmignac...

— Quant à ça, monsieur l'abbé, n'en parlons plus... chacun sa religion; j'ai la mienne et vous avez la vôtre.

— Voilà ce vieux drôle... ne me quitte plus.

— Ce sont de bonnes pièces, monsieur?

— Excellentes... Je ne suis pas faux mon-
nayeur...

— Pas si bête, n'est-ce pas?... Allons, nous
autres, en avant les jambes jusqu'à Paris...

— A Paris, où j'ai ma bonne amie!...» —fre-
donna Lebertre.

Bassan avait pris les clés de la grille de
Rouge-Bourse et marcha aussitôt vers la sortie.
Lebertre, en s'éloignant, tourna la tête, éleva
les yeux et adressa un regard rayonnant d'intelligence et de sensibilité à la fenêtre qu'il
savait être celle de la chambre d'Antoinette.
Le châtelain conduisit ses hôtes jusque sur la
route d'Allemagne; plus il approchait du moment de la séparation, plus il épiait les mouvements de la physionomie de Tarroux; mais il
observait celui qui l'observait lui même. Tarroux comptait les pulsations du cœur de Bassan; il analysait toutes les impressions de son
âme; il suivait toutes les alternatives de joie
méchante, d'inquiétude et de sécurité par les-

quelles il passait depuis qu'il savait que le pauvre
Tarroux était un échappé du bagne.

« Le pavé à gauche, messieurs...

— Toujours tout droit?

— Tant que vous verrez le pavé...

— Les chemins les plus sûrs sont les plus
durs, — dit le vieux galérien avec mélancolie.

— Souvent, ceux qui marchent sur le sable
n'ont pas plus beau chemin, — répondit Bassan
qui cherchait à rendre harmonieux le mot de
la séparation.

— Enfin !... *monsieur le propriétaire*, chacun
sa route... bonne chance et portez-vous bien...

— Bonne chance,» répéta Bassan en recueil-
lant de Tarroux le plus atroce regard dont
jamais scélérat ait magnétisé sa victime.

Quant à Lebertre, il examinait intuitivement,
dans sa conscience, la bonne action qu'il avait

faite, inspiré par le souvenir des Solmignac, et sous l'influence de cette pensée généreuse, s'isolant complètement de son abominable compagnon, il s'éloigna sans dire *adieu*, sans mot dire, absolument comme s'il fût sorti seul de Rouge-Bourse.

Bassan rentra profondément triste et le cerveau malade, car sa tension d'esprit, depuis le matin, avait été douloureuse! Il aperçut à sa fenêtre Antoinette qui, accoudée d'un bras sur la rampe, le visage pâle et désolé, demandait au ciel du matin la force et le courage dont sa vie souffrante avait besoin ; elle priait mentalement, elle appelait Dieu!... et ne se doutait pas que, pendant ces heures de la nuit qui venaient de s'écouler, elle avait sauvé de la mort les maîtres de Rouge-Bourse. C'est qu'il fallait cela pour la sauver elle-même, et Dieu, qu'elle appelait à son lever, l'avait déjà regardée.

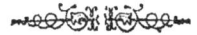

Lebertre et la centenaire.

XVII.

Bassan, en promenant un regard distrait sur la façade de Rouge-Bourse, vit sa nièce :

« Allons, petite, descends de là-haut et viens dire bonjour à ton oncle, » lui cria-t-il.

Antoinette sourit tristement à cet appel d'une bienveillance inusitée : elle se trouva bientôt auprès de son redoutable parent.

« Comme te voilà pâle, fillette!... tu as les yeux tout rouges! tu as donc pleuré?

— Oui, mon oncle.

— Bah! chagrin de jeune fille, chant d'oiseau!... il ne faut pas ainsi prendre de la peine à propos de ceci, à propos de cela et de tous les petits accidents qui arrivent dans le ménage ; à ton âge, mademoiselle ma nièce, *faut* rire, *faut* voir les petites misères de la vie comme tu verrais une poupée cassée ou un de tes chiffons tombé dans l'eau... Ce que tu as à faire aujourd'hui, mon enfant, le voici : tu vas aller au château de *Tanqueue*, chercher une belle vache noire, dont j'ai passé marché avec le comte de Sussy... et cette vache, elle sera *à toi ;* tu en feras ta compagne, tu la mèneras aux champs, tu la soigneras bien et nous aurons de bon lait... C'est une petite galanterie que je te fais ; le lait bien naturel, bien chaud, sera bon pour ta petite poitrine, et rendra des couleurs à tes petites joues... Tu m'as entendu ; maintenant, va demander à déjeûner à ta tante, tu n'as pas dîné hier. »

Antoinette ne reçut qu'avec un douloureux déplaisir les ordres de son oncle; les soins de la domesticité la plus infime, qui lui étaient imposés, révoltaient sa délicate susceptibilité; mais il n'y avait rien à répondre.

Mme Bassan, le visage appliqué sur la vitre, avait suivi tous les mouvements de son mari et de Tarroux; elle avait cherché à comprendre l'issue possible de cette entrevue : remarquant le calme des causeurs, leur attitude confiante, elle croyait rêver, et arrivait à redouter bien plus cet accord apparent que la colère qui, entre eux, aurait été si légitime. Lorsque rentra Antoinette, après son entrevue avec son oncle, sa tante l'interrogea : la réponse ne pouvait ni l'éclairer, ni la calmer.

Bassan, tout entier à l'étrange et fatale rencontre qui venait à jeter inopinément tant d'incertitude sur son avenir, ne rentra pas immé-

I.   16

diatement ; il eut besoin de rappeler son intrépidité ; et, encore sous le coup du regard de
Tarroux, il pensa devoir chercher immédiatement les moyens de détruire ce vivant témoignage de son passé, soit en le livrant adroitement à la justice, soit en accomplissant ce que
deux coups de feu et le poison indien n'avaient
pu terminer. Tandis qu'il y pensait, Lebertre
et Tarroux entraient dans la Ferté-sous-Jouarre.
Jusqu'à la ville, aucune parole n'avait été échan-
gée entre les voyageurs ; lorsqu'ils arrivèrent
sur la place du marché :

« Garçon, — dit Tarroux, — flâne sur cette
place pendant une heure ; j'ai à jaser avec une
vieille connaissance : je viendrai te reprendre ;
si un gendarme vient solliciter l'honneur de ta
connaissance, souhaite-lui le bonjour avec politesse et dis-lui, s'il veut savoir où tu vas : *Je
vais travailler aux fortifications.* L'ouvrier des
fortifications de Paris est le bienvenu de toutes

les autorités de Paris ; le gendarme s'incline devant la pioche qui creuse les fossés de la capi-
tale. »

A peine Lebertre eut-il vu Tarroux se perdre
dans la petite rue qui conduit au pont de bois,
que, du regard, il chercha une boutique dont
la nature de l'achalandage pouvait lui promettre
un renseignement utile. Il entra dans le cabinet
de lecture :

« Monsieur, pourriez-vous me dire s'il y a
dans ce pays des parents d'un propriétaire des
environs, M. Bassan?

— Est-ce que c'est pour une façon de jardin,
jeune homme?

— Ça serait encore bien possible.

— C'est que je ne vois pas de Bassan dans la
Ferté-sous-Jouarre qui puisse vous occuper ;
nous n'avons qu'une bien vieille dame Bassan,
centenaire, et qui n'a pas de jardin...

— Où est sa maison?

— Alors, c'est que vous voulez arroser ses pots de fleurs?...

— C'est sa maison que je vous demande...

— Parbleu! c'est pas si loin : la rue à gauche après avoir tourné à droite, là en face; vous verrez, rue du *Limon,* en entrant, une petite porte verte à marteau de cuivre...

— Bien obligé, monsieur... Voulez-vous que je dépose ma tournée dans un coin? je reviens...

— A votre aise. »

En deux emjambées, Lebertre fut devant la maison indiquée.

« Puis-je parler à Mme Bassan? c'est pour affaire *conséquente...*

— Il est bien matin pour la vieille dame; mais c'est égal, entrez tout de même, je vas l'avertir... et si elle peut vous comprendre... »

Le journalier fut introduit. La centenaire était encore couchée; mais un bréviaire ouvert sur

son lit, et ses lunettes marquant la page, annon-
çaient que déjà elle lisait et priait.

« Madame, voulez-vous me dire si vous êtes
une Bassan ?

— Elle ne vous répond pas, monsieur, la chère
dame ; elle rêvasse, — dit la gouvernante.

— Est-elle sourde ?

— Non ; elle voit, elle entend, elle parle ;
mais elle a cent ans ! elle est en enfance...

— Mais elle me regarde avec les yeux d'une
personne ordinaire...

— Oui ; son regard lui est revenu depuis que
mamselle de Rouge-Bourse est venue ici...

— Mademoiselle Laure, n'est-ce pas ?

— Oui. Vous la connaissez ?

— C'est à cause d'elle que je viens. »

La gouvernante se pencha sur le lit de sa maîtresse, et élevant la voix :

« Madame, eh ! madame ; c'est un messager de mamselle Laure Bassan. »

La centenaire sourit doucement.

« Oui, ma fille, j'ai bien vu cela... » — Elle éleva la main et fit signe à Lebertre d'approcher.

Le journalier prit le portefeuille d'Antoinette et le déposa sur la courtepointe piquée du lit de la vieille dame.

« Voilà ce que je voulais, ma bonne vieille, puisque vous êtes une Bassan... C'est un portefeuille à la demoiselle de Rouge-Bourse, qu'elle a perdu et qu'il faut remettre à elle, rien qu'à elle, pas à d'autres !

— A elle, — répondit nettement la centenaire en affirmant de la tête.

— Pas déjà si *enfant*, » — dit naïvement Lebertre en regardant la servante ; puis, saluant *la compagnie*, il se retira tout heureux d'avoir conservé à la maîtresse de son *frère de lait* un gage d'amour auquel elle devait attacher du prix.

Son heure de *flânerie* fut lente à s'écouler. C'est seulement aux approches de la nuit que Tarroux revint sur la place du marché. Il n'avait point été, comme il l'avait dit, à la recherche d'une ancienne connaissance. Marchant avec l'agilité du coureur *Spidler*, et la sournoiserie du loup, l'abbé le Diable était retourné à Rouge-Bourse, mais en prenant les *traverses*, en allongeant sa route par de longs circuits dans les bois ; et s'abattant au plus près du vieux château, il eut bientôt, dans une exploration rapide, reconnu que contre les bâtiments de la ferme existait un contrefort, déjeté, *désaccordé* par le temps, portant des crevasses nombreuses, et offrant à l'escalade des points d'appui commodes : du long toit, en pente douce, de la ferme, on n'était qu'à huit pieds du sol.

« Bien ! mon Bassan, s'était dit Tarroux, j'arriverai certainement à toi, créancier inattendu,

à l'heure de ton sommeil; et ce compte épouvantable que nous avons à régler, nous le rè-
glerons sans obstacle, sans remise... Cette nuit-
là, je l'espère, il y aura dans ton rêve une image
riante ! Ce délabrement abject qui signale ta
demeure aura disparu pour faire place aux fantaisies et aux merveilles du luxe ; tu aimeras les
jouissances de la fortune ; tu t'y livreras corps et
âme ; et ton passé, anéanti dans le bonheur de
ton profond sommeil, laissera ton âme s'abandonner tout heureuse à ces scènes d'opulence
et de félicité qui se joueront derrière la gaze
tendue par tes songes... Alors, misérable, je
trouverai moyen de te rappeler le bruit, le bri-
sement de l'armoire de *la rue du Montblanc* de
Paris. Que le vent d'ouest et du nord fasse gé-
mir les arbres de ton parc, et je t'aurai bientôt
fait croire au mugissement du grand Océan. Que
la chouette vienne à se plaindre, et dans ton
souvenir reviendront des gémissements lamen-
tables dont tu as entendu, il y a onze ans, les
déchirants accents... A demi-réveillé, tu vou-

dras lutter contre la surprise ; le coup de sifflet qui *a servi de signal* t'arrivera dans les oreilles comme l'acier dans la plaie... et ma voix, que tu as été deux jours à reconnaître, emplira ta chambre en te prononçant tous les noms qui ont présidé à tes crimes !... Alors, scélérat, nos deux vieillesses, rajeunies par la férocité et la vengance, seront aux prises ! Tu auras tes ongles et tes dents ; j'aurai des cordes, le poignard, le feu, et ton poison indien qui rend fou !... »

A ce moment, Tarroux laissait aller toutes les fureurs de son âme, contenues pendant onze ans, enchaînées pendant deux jours avec un effort aussi douloureux sur sa volonté que les fers qui, dans le *carcere duro*, ceignent le corps des condamnés. Plus de témoins pour gêner le jeu indescriptible de sa physionomie et de ses regards ; plus de Bassan à tromper, plus de Lebertre à éviter ou à craindre... Il eut un tel paroxisme que, par un brusque retour sur lui-même, s'apercevant qu'il venait aussi de faire

son rêve, que le moment n'était pas venu d'a-
gir, il tomba affaissé sur le talus d'un des fossés
du chemin.

La prudence le rappela à la peur d'être
aperçu ; il se leva, reprit le chemin des bois et
les sentiers de traverse qu'il avait déjà par-
courus.

En arrivant sur la place où il avait laissé Lebertre, il trouva celui-ci assis sur le pavé de
l'arcade, auprès du cabinet de lecture, et faisant
la causette avec le maître du cabinet, *Guyot*,
la mauvaise langue et le littérateur de l'endroit.

« Allons, *mon fils*, allons, debout, — dit
Tarroux avec autant d'aisance et de *simplesse*
dans la voix, que s'il ne se fût rien passé de terrible dans son esprit. — Lève-toi, secoue tes
jambes et en route ; nous coucherons à *Saint-
Jean-les-Deux-Jumeaux !*... Vive le gouvernement qui donne du pain aux pauvres terrassiers et aux *maçons !*... »

Ces derniers mots étaient une politesse adressée à un gendarme qui venait de s'arrêter à trois pas et regardait les journaliers, mais avec l'hébêtement sans clairvoyance d'un mouton qui rêve.

Le château de Tanqueue.

XVIII.

À l'heure où Lebertre et Tarroux étaient arrivés à la Ferté, Antoinette était entrée dans le
château de Tanqueue.

Le concierge, sachant ce qui l'amenait, la
conduisit dans le parc, sur une grande pelouse
entre le château et le saut-de-loup qui sépare le
parc du chemin au bord de la Marne.

Une jeune paysanne de seize ans environ,
pâle comme jeune fille ne l'est pas au village,
triste et ennuyée, se tenait rêveuse à distance
d'une vache noire retenue, près d'un piquet en-
foncé dans le sol, par une corde nouée à ses
cornes.

« Quéque vous voulez, mamselle ?

— Le concierge m'envoie à vous et m'a dit
que je pouvais emmener à Rouge-Bourse cette
vache noire...

— C'est vous qu'êtes la demoiselle de Rouge-
Bourse dont on parle ? J'crois bien que vous êtes
gentille... et vous trouverez dans le pays des
gens pour vous le dire, — ajouta-t-elle avec une
tristesse plus marquée.

— Je ne vous demande, — répondit Antoinette avec embarras, — qu'un bon conseil qui
m'aide à emmener cette vache... je ne sais comment m'y prendre ; vous me trouvez bien mala-
droite ?

— Si c'est pas votre état, c'est pas éton-
nant... mais n'y a pas à avoir peur... *la Sophie*
n'est pas méchante... Voulez-vous que je vous
la conduise, ça me promènera un peu.

— Volontiers, » — se hâta de répondre la
nièce des Bassan, réellement gênée et peureuse
dans ce premier soin de vachère qu'elle avait à
remplir.

Mais une voix, partant d'un épais massif, un
peu au loin, appela à trois reprises la paysanne ;
elle rougit, lâcha la corde et se dirigea avec une
visible hésitation vers le massif. Elle disparut
bientôt aux yeux d'Antoinette qui restait immobile, indécise, et n'osait détacher la vache. Moins
de trois minutes après, un monsieur de cinquante
ans environ sortit de ce même massif, et, traversant la pelouse, vint à la nièce des Bassan.
Il était enveloppé dans une robe de chambre
en soie bleue et à ramages, coiffé *d'une grecque*;
sa taille était moyenne, sa corpulence prononcée, son visage plein, lourd et échauffé ; ses yeux

I.   17

injectés, révélant tous les symptômes de l'irritation de la membrane muqueuse ; sa physionomie
grimacière jouait la bonhomie et il affectait un
regard observateur, caressant, dont tout aussitôt
Antoinette eut à ressentir la gêne.

« Vous êtes de Rouge-Bourse, ma belle enfant?

— Oui, monsieur.

— Vous êtes la nièce du père Bassan ?

— Oui, monsieur.

— Peste ! les Bassan possèdent en vous un
bien qui va leur être envié ! Quel âge avez-vous,
mademoiselle? — L'expression de délicatesse
blessée que venait de prendre le visage d'Antoinette avait inspiré ce changement dans la
formule.

— J'ai dix-sept ans, monsieur...

— Vous êtes vraiment bien jolie ! et j'en veux
à votre oncle de ne m'avoir pas dit tout ce que
vaut sa nièce... Ah ça ! il s'agit pour vous d'em-

mener à Rouge-Bourse cette *dame noire* que
voici : elle n'est pas récalcitrante, que je sache ;
mais je suis bien trompé, ou vous êtes bien no-
vice au métier de conduire pareil bétail...

— C'est vrai, monsieur... »

C'était le comte de Sussy, propriétaire du
château de Tanqueue, qui nouait ainsi connaissance avec Antoinette Bassan.

« Attendez, mademoiselle, à nous deux nous
en viendrons peut-être à bout... deux novices
de bonne volonté peuvent faire la besogne d'un
profès... »

M. de Sussy détacha *la Sophie*, garda la
corde dans sa main, malgré le geste que fit Antoinette pour la prendre, et conduisit lui-même
la vache jusqu'à la porte du château, du côté du
village.

« Pierre, — cria-t-il à son concierge, — voilà
une belle personne un peu embarrassée de *sa re-
commandée* ; vous allez conduire à Rouge-Bourse

l'acquisition du père Bassan, en lui disant que j'ai à causer avec lui.

— Oui, monsieur le comte.

— Quant à vous, ma belle enfant, si dans vos petites promenades un bon hasard vous amène de ce côté, le parc de Tanqueue vous est ouvert.

— Bien merci, monsieur, de votre obligeance. »

Antoinette accompagna ces mots d'un salut d'adieu, et, sans pouvoir se rendre compte de l'espèce de déplaisir qu'elle avait ressenti aux politesses familières du comte de Sussy, elle marcha vite devant le concierge du château, et arriva bien avant lui chez son oncle.

Bassan était au milieu de la cour, errant comme une âme en peine; et la sienne s'y trouvait réellement après la visite qu'il venait de recevoir : on concevra que le tourment de son esprit devait mal le disposer à l'indulgence pour les petits détails de la vie autour de lui.

« Eh bien ! ma nièce, est-ce que la vache fait un veau ?

— Elle vient, amenée par un serviteur de Tanqueue...

— Comment ! un serviteur de Tanqueue !... Mais je n'ai acheté que la vache, je vous prie de le croire... Pourquoi cet homme vient-il ?...

— Je ne savais comment m'y prendre...

— Vraiment ! sotte que vous êtes, il vous faudra les valets des châteaux voisins pour mener votre vache aux champs, et moi je donnerai les pour-boire !... A-t-on imaginé une bégueule pareille !... Vous aurez la bonté, mademoiselle Bassan, de renoncer à vos airs de princesse, à vos grimaces de grande dame, et de vous conduire tout uniment comme une fille qui n'a ni père ni mère, ni feu ni lieu... Vous êtes ma nièce, mais vous n'avez pas d'autre droit dans ma maison que celui d'être ma servante, entendez-vous bien... Je vous dis ! mademoiselle va se faire venir des ampoules aux mains en tenant une corde!... Allons, détalez de là, et dépêchez-vous d'aller au-devant de cet homme, je ne veux pas le voir...

— Bonjour, monsieur Bassan! — c'était le concierge de Tanqueue.

— Au diable!...

— C'est *notre Sophie* que M. le comte m'a ordonné de vous amener, attendu que c'te demoiselle était un peu peureuse pour conduire la vache. Ça va bien, monsieur Bassan?

— A merveille. Tu remerciras M. de Sussy ; bonjour, au revoir... Ferme bien la grille en t'en allant.

— Dites donc, monsieur Bassan, *la Sophie* n'a pas soif, à ce que je pense, mais...

— Mais toi, tu es altéré... Eh bien! mon garçon, ça tombe mal ; nous avons bu notre dernier cruchon de cidre ce matin, *en famille...* Je dirai à ton maître qu'il te donne un verre de vin de ma part...

—Ça fait que ça ne vous ruinera pas...

— C'est bien ainsi que je l'entends!...

—Mauvais riche! marronna le concierge en se retirant.

—Comprenez-vous, mademoiselle Bassan, les réclamations que vous me valez?... Voilà une brute qui va dire partout que je me fais servir pour rien, et que je n'ai pas un verre de vin à offrir aux gens qui ont soif... Donnez-vous encore des airs de dame en vous faisant suivre par des valets-de-pied, et vous aurez affaire à moi!... Madame Bassan! eh! madame ma femme! accourez; venez vous charger de votre nièce et de cette vache; elles paraissent aussi dépaysées l'une que l'autre... N'allez-vous pas avoir peur aussi, vous?... Pardieu, un coup de corne, ça ne serait pas un si grand malheur!... ceux dont vous venez ont le cuir dur. »

Ces deux allocutions de Bassan, à sa nièce et à sa femme, avaient produit leur effet. Antoinette pleurait à chaudes larmes en suivant sa tante, qui, muette et docile, conduisait la vache dans l'étable de la petite cour avoisinant la petite chambre où avaient couché les journaliers.

Mme Bassan donna les instructions nécessaires à Antoinette et ajouta sèchement :

« Que veux-tu, mon enfant, il faut se rendre utile ; ton oncle n'est pas un grand seigneur et je suis sa première servante...

— Bien parlé ! madame ma femme, — interrompit Bassan arrivé à l'improviste sur le seuil de la cour ; — et, pour continuer votre office, maintenant que cette dame noire est logée, il faut préparer le logement de votre nièce.

— Comment!

— En enlevant cette paille où ces drôles ont couché ; en apportant ici un lit de sangle, et en faisant à mademoiselle Antoinette un bon petit lit... Ce sera sa chambrette...

— Moi, grand Dieu ! je coucherai ici ! mais vous m'y trouverez morte de peur !... — s'écria Antoinette avec épouvante.

— Ou de froid, — murmura sa tante.

— Tati, tatou, on ne meurt ni de froid ni de peur... pas plus que d'amour ! Voyons, ma femme, pendant que nous y sommes, venez ; je porterai le matelas et vous le lit de sangle ; vous, ma nièce, levez cette paille à brassée et portez-la sur la litière de votre vache, ce sera autant d'économisé. »

Il fit un signe impérieux à sa femme de le suivre, et sortit de la cour.

La jeune fille tomba sur ses genoux, abîmée de douleur ! elle pressa son visage, tout aussitôt trempé de larmes, avec ses mains tremblantes, et s'écria avec désespoir :

« Mon Dieu ! mon Dieu ! mais quelle exis-

tence m'est donc réservée? A quelle misère,
à quelles souffrances suis-je condamnée!...
Qu'ai-je fait au ciel pour subir une telle condition!... Sainte Vierge! *Notre-Dame-des-Abî-
mes !* rendez-le-moi, qu'il revienne !... — Elle
porta sa main à la poche de sa robe et l'en retira
en poussant un cri : « Perdu!... comment! perdu!... mon portefeuille est perdu!... » — Elle
se releva d'un bond, passa sa main sur son front
comme pour consulter sa mémoire : — Comment! ses cheveux, sa lettre, le portefeuille
qu'il m'a donné, l'alliance de sa mère... mon
talisman, mon espoir et ma consolation, tout
cela est perdu!... Mais non, c'est impossible!... »

Elle prit sa course vers le château, entra dans
la cuisine, monta quatre à quatre le petit escalier, arriva à la chambre qui lui avait été donnée : son oncle et sa tante s'y trouvaient, occu-
pés à rassembler sa literie et ses effets :

« Mon portefeuille! — cria-t-elle avec détresse et aussi avec un accent de courage,—mon portefeuille!

—Quel portefeuille? — demanda Bassan tout étonné.

—Vous ne l'avez donc pas vu? — Elle déroula ses couvertures que l'on venait de rouler avec les draps, les tira dans tous les sens, sans prendre garde à la surprise de ses parents, se retourna du côté de sa malle, l'ouvrit, jeta tout dehors.

—Mon Dieu! est-ce que je serais assez malheureuse pour l'avoir perdu!

—Mais quoi, drôlesse? — s'écria Bassan avec colère.

—Tuez-moi, si vous le voulez!... mais je vous dis que je veux mon portefeuille! — répondit elle avec intrépidité et tout en larmes.

—Elle est folle! — dit Bassan en mettant le matelas sur son épaule. — Passez devant, ma femme. »

Antoinette resta anéantie pendant quelques instants ; puis elle reporta lentement sa main à sa poche :

« Elle est percée ! » dit-elle avec abattement. Elle descendit ; son exaltation était vaincue par la douloureuse certitude d'avoir perdu son souvenir chéri.

Le peintre, l'écrivain, ne doivent point suivre pas à pas, et pour les reproduire, les tortures morales de certaines conditions vouées au malheur ; il est presque de convenance de ne prendre que la surface des chagrins que l'on veut décrire, de ne s'arrêter qu'aux péripéties saillantes, parmi toutes ces misères qui troublent et bouleversent certaines existences : car la continuité du désespoir, si vraie qu'elle puisse être, n'est admissible que pour ceux qui la subissent ; si fort que l'on ait souffert, on se refuse à croire à un malheur sans relâche ; et si, dans une situation engagée dans la douleur, l'écrivain prétendait trouver une source d'intérêt dans l'analyse, la description exacte, non interrompue, de toutes les palpitations, les larmes, les soupirs, les pensées, les mots déchirants, qui ont empli cette situation, sans qu'un rayon en soit venu éclairer la sombre nuit, on dirait à cet écrivain qu'il exagère, on le trouverait monotone, pour avoir été trop vrai.

J'abrège donc, soigneux que je serai de ne dire de cette déplorable histoire que ce que permettront d'en dire, pour la satisfaction du lecteur, les convenances de l'art. Je laisserai s'écouler les heures de cette journée sans en suivre, historien trop fidèle, les scènes déplorables.

Antoinette, tenant la lanterne qu'avait portée Tarroux, marcha d'un pas ferme, aussitôt après le souper de ses parents, vers l'odieuse chambre de la cour de l'étable. Elle pria une partie de la nuit ; son âme était plus forte ; au matin, elle prit en pitié ces avanies, ces souffrances que lui infligeaient ceux qui auraient dû la protéger. A la première rencontre qu'elle fit de M. Bassan, après son lever, elle alla à lui,

et d'une voix ferme, calme, avec un maintien
d'une ingénuité pleine de confiance :

« Mon oncle, aujourd'hui dimanche, je vais
aller entendre la messe ?

— Bien, fillette, bien, je n'ai jamais dit non.
Aujourd'hui, tu iras à la Ferté, parce que j'ai
un papier à te faire porter chez le notaire; les
autres dimanches, tu iras à Tanqueue... Et ta
chambrette, comment t'y trouves-tu ? Pas de
loups-garoux, ni de revenants, n'est-ce pas ?...
Lave tes petits yeux avec un peu d'eau fraîche;
ils sont tout rouges, et je ne veux pas que ces
niais de la Ferté disent que tu passes ici ton
temps à pleurer... Allons, un petit *sourire du
dimanche*, ça te rendra l'air moins sournois. »

Et le sourire, en effet, pâle et faible rayon
sur ce visage affligé, remercia cet homme de
la liberté qu'il accordait.

Elle n'eut pas besoin *d'un coup d'œil au mi-
roir* pour se faire bien jolie : la sainte compen-
sation qui lui était permise rasséréna un peu

son front. Depuis quelques jours ses traits
étaient sans cesse altérés par de rapides et vio-
lentes émotions ; mais lorsqu'elle se fut échappée
de Rouge-Bourse, tremblant d'être rappelée ;
lorsqu'elle entra dans l'église et s'agenouilla devant l'autel, elle était belle comme un ange.

Elle venait de terminer sa prière, et en attendant la messe qui n'était pas commencée,
elle occupait Dieu des intérêts de son cœur, lui
demandait de lui faire retrouver le portefeuille
de Solmignac... Une main lui frappa doucement
sur l'épaule.

La centenaire lucide.

XIX.

Antoinette tourna vivement la tête et recon-
nut la servante de la centenaire.

« Mamselle, après la messe *faudra* venir
auprès de madame... elle a quelque chose à
vous dire...

— Souffrir et prier portent bonheur, » pensa
Antoinette.

Au sortir de l'église, elle marcha d'un pas pressé vers la maison de la dame Bassan ; et, introduite dans le petit salon, elle y trouva la digne dame parée, rajeunie *de vingt ans*, assise dans son grand fauteuil et roulant dans ses doigts un de ces chapelets *bénis*, dont le pape Pie VII fut si prodigue pendant les deux séjours qu'il a faits en France.

La nièce des Bassan se mit à genoux devant la centenaire, qui l'embrassa au front, lui frappa doucement une joue avec sa main froide et tremblotante, puis lui fit signe de s'asseoir devant elle, sur une petite chaise placée là à cette intention.

Un petit meuble en bois de citronnier, dans la forme de ceux qu'on appelait *bonheur du jour*, avait été roulé auprès du grand fauteuil, et, sur sa tablette, le portrait de la mère d'Antoinette.

« Bénie sois-tu, — dit la vieille dame en regardant Antoinette avec attention et attendris-

sement. — Elle est changée... elle souffre! —
Elle s'arrêta sur ce dernier mot, regarda sa servante avec tristesse et parut l'interroger.

— Mamselle, voilà madame qui s'afflige ; elle
craint que vous ne soyez pas heureuse?... »

La jeune fille baissa la tête, un sanglot lui
échappa et des larmes coulèrent sur ses joues.

« Elle est malheureuse!... pauvre petite!...
et avoir cent ans! — dit la dame Bassan avec une
explosion de sentiment qui, depuis trente années, n'était plus dans ses facultés. Elle fit une
longue pause. Antoinette, entraînée par la com-
municative influence de la sympathie, laissa cou-
ler ses larmes en silence.

« Le portrait! » — dit la centenaire avec fermeté. — Et tout-à-coup il sembla que la colère
diminuait sa caducité; ses yeux, perdant leur
immuable bleu terne, se voilèrent d'une teinte
sombre ; une contraction complète des muscles
de son visage y rappela les passions de la vie.

Mais quand la gouvernante eut déposé le cadre
sur les genoux de la dame Bassan, son accidentelle énergie disparut, se perdit dans un souvenir plein de tendresse et de mélancolie.

« Laure Bassan ! » dit-elle en appuyant ses
lèvres sur la glace du tableau. Puis, prenant une
main d'Antoinette, elle l'attira doucement et de
façon à faire pencher vers elle le corps de la
jeune fille, et lui dit d'une voix au demi-ton :

— Petite, que je tiens si près de moi, il faut
que j'aille chercher bien loin, bien loin dans
le passé, tout ce qui peut te rattacher à moi !...
Tu es une Bassan, c'est bien vrai ; mais entre
toi et une centenaire, il y a un vaste cimetière...
Chère enfant, je n'avais plus affaire qu'à des
morts quand je voulais me rappeler qu'il faut
aimer quelqu'un.... et certaine de ma solitude,
j'ai déposé le fardeau de tous les sentiments
qu'inspire et qu'anime la volonté ; j'ai éteint
dans mon âme ce désir d'être, de vivre, de penser ; je me suis endormie tout éveillée jusqu'à

ce que le bon Dieu m'appelât... et comme *ils*
ne sont pas habitués à tant de vieillesse, me
voyant inattentive, impassible, muette, sans curiosité, sans idées, ils ont cru, ils ont dit que
j'étais idiote... J'ai laissé croire, j'ai laissé dire ;
cela m'a dispensé de nouer mon existence à la
leur ; cela m'a reposé... Et sais-tu, petite, j'en-
tendais, je voyais, je pensais, mais comme on voit
les hommes et leurs habitations quand on est au
plus haut d'une haute montagne : si petits, que
les grossièretés qu'ils adressaient à ma longévité
surhumaine, que leurs intérêts, leurs débats, ne
paraissaient toucher ni mes perceptions ni mes
sens... Je n'ai pas daigné leur dire le bienfait
dont le ciel m'avait douée ; parce qu'ils m'en
auraient fait un chagrin... En passant au milieu
d'eux sans les voir, sans les reconnaître, j'ai pu
exister avec mes propres pensées... Chaque jour,
chaque heure, jour et heure de grâce, je sens un
froid *solennel* me monter au cœur, au cerveau,
et je laisse s'étendre peu à peu sur moi cette

main invisible dont le poids est glacial, sans être ni effrayée ni chagrine... Tu parais à ce moment! Dieu me fait un présent avant ma dernière heure, et m'ordonne ainsi de me préparer à venir à lui en rappelant dans mon cœur l'attachement, la sensibilité... et il faut, avant que mes yeux ne se ferment pour toujours, que ma puissante vieillesse s'étende sur ta destinée... Le Bassan qui te tient sous son toit, je ne le connais pas, mais *je sais*... — Elle s'arrêta sur ce mot et baissa la tête. — Il y aura un moment entre nous pour parler de cela, — reprit-elle d'un air mystérieux. — Si je consens à paraître vivre, ce ne sera que près de toi et à cause de toi... Je verrai ton oncle... Il y a un mot entre nous; si je le dis, il tombera à mes pieds... Entends-tu, petite fille; je te chéris comme la dernière fleur d'un rosier dont toutes les roses sont tombées, abattues par le temps et l'orage... Lève tes jolis yeux, aimable enfant, que je regarde ta mère... Allons, une petite gaîté pour arrêter cette larme qui

roule sur tes cils... Dis merci à un brave homme
et à moi; j'ai trouvé quelque chose... un portefeuille.

— *Son* portefeuille! — s'écria Antoinette,
franchissant l'impression profonde que n'avaient
pu manquer de produire sur elle les étranges et
mystiques paroles de la centenaire pour ne s'occuper, — pauvre jeune fille qui aimait, — que
de son amour et du gage qu'elle croyait avoir
perdu.

— Oui, *son* portefeuille, — dit mélancolique-
ment et avec indulgence la dame Bassan, — et
le voici. » — Elle le tira de sa poche et le présenta à sa jeune parente.

Ainsi qu'avait fait la centenaire en prenant le
tableau, Antoinette couvrit de baisers le portefeuille; elle l'ouvrit, y jeta un rapide regard, le
palpa :

« Mon Dieu! dit-elle avec une ferveur tou-
chante, — j'avais tant prié! vous avez vu mon

désespoir et vous avez écouté ma voix ! » —
Puis, ramenée à la reconnaissance respectueuse
et sainte que lui inspirait la dame Bassan :

« Vous regardez ma joie et vous m'accusez
peut-être ?...

— Non , je t'écoute et fais un vœu pour que
tu sois heureuse...

— Mais comment est-il venu dans vos mains ?

— Un ouvrier qui l'avait trouvé l'a apporté à
madame, — dit alors la gouvernante qui , remarquant la pâleur croissante de sa maîtresse ,
comprit qu'elle était très-fatiguée.

— Elle s'endort !... — s'écria Antoinette à
demi-voix et avec inquiétude.

— Pour un peu de temps seulement, mamselle;
faut pas avoir peur, ça la repose.

— Mais à Rouge-Bourse, on m'attend,..

— Ne vous attardez pas !... Je dirai à madame

que vous aviez craint d'être grondée par votre oncle. »

Antoinette se leva bien doucement et légère-ment, posa ses lèvres roses sur le front de la centenaire, lui adressant, pendant cette caresse filiale, tout ce que peut dire un bon cœur heu-reux et reconnaissant.

« Je vous en prie, — dit-elle à Thérèse, — priez Dieu comme moi de la laisser vivre encore long-temps!... »

Pour toute réponse, Thérèse fit une révérence et le signe de croix.

M. de Sussy.

XX.

Malgré le temps qui la pressait, Antoinette
n'oublia pas de déposer chez le notaire le papier
que lui avait remis son oncle ; et lorsqu'elle fit
tinter la cloche de la grille de Rouge-Bourse, elle
sentit en elle un grand courage pour supporter
désormais les déplaisirs, les tristesses que lui

réservaient les maîtres du château; car elle ne
doutait plus qu'un bon génie veillât sur elle,
après la circonstance du portefeuille retrouvé.

Mme Bassan vint ouvrir la grille.

« Il paraît que le prêtre a parlé long-temps...
et tu es bien heureuse que M. Bassan soit en
conversation avec M. de Sussy, il te chanterait
une belle antienne; une autre fois il faudra
songer que si les demoiselles vont à la messe,
les vaches doivent aller aux champs. »

Cette mercuriale faite, Mme Bassan donna à
la pauvre enfant un morceau de pain bis et ne
s'occupa plus d'elle.

Mais M. Bassan et le comte de Sussy s'en oc-
cupaient : tout en se promenant dans le parc
de Rouge-Bourse, ils soutenaient une étrange
causerie dont l'oncle d'Antoinette s'amusait mé-
chamment.

« Voyons, mon cher Bassan, — disait le comte
avec une persistance dans ses raisonnements
qui trahissait trop sa pensée secrète, — il faut

entendre la parenté comme elle doit être enten-
due ; que diable ! une nièce tient à nous par des
liens de sang et d'amour-propre ; ce n'est point
une servante. Vivez comme un grigou dans votre vieux castel délabré, faites rapiécer votre
vieille redingote par Mme Bassan, et donnez-
lui, à elle, une robe tous les vingt-sept ans ; c'est
votre goût, vous êtes le maître de vous y livrer...
ces originalités ne vous vont pas trop mal ;
elles font causer dans le pays, cela distrait, et
c'est du moins une excentricité à citer aux voyageurs. Mais les petites expériences de pauvreté
qu'il vous convient de faire sur vous, vous n'a-
vez pas, *mon très-cher*, le droit de les faire sur
les autres ; on vous trouve amusant tant que
vous agissez pour votre compte ; on vous trou-
vera cruel si vous vous permettez de contrain-
dre votre nièce, une adorable enfant de dix-sept
ans, à vos vieilles originalités. Mlle Bassan,
gardeuse de vaches de monsieur son oncle !
voilà un bel emploi !

I.   19

— Elle en sera bien malheureuse ! — interrompit Bassan avec ironie.

— Certainement, elle en sera très-malheureuse !... Est-ce que je ne l'ai pas regardée ? est-ce que je n'ai pas reconnu sur son délicat visage tous les instincts de la vie élégante et douce ?...

— Mademoiselle Bassan !...

— Ah ça ! mais de qui parlez-vous donc, je vous prie ?...

— Eh ! mon Dieu, monsieur le comte, il s'agit de ma nièce, de la fille de mon frère, je le sais bien... mais la nièce d'un pauvre hère, qui a eu la manie d'être propriétaire et a dépensé tout le pécule qu'il avait gagné en Amérique par son long travail, pour payer cette bicoque; que voulez-vous qu'il fasse quand il ne lui reste plus une pièce de quinze sous une fois les 45,000 fr. de Rouge-Bourse payés ? Il faut, de toute nécessité, qu'il fasse comme je fais, qu'il amasse miette à miette, qu'il mange peu, et cherche dans sa famille l'assistance voulue pour la direction de son pauvre ménage... »

Le comte s'arrêta, croisa ses bras, et regardant bien dans les yeux son interlocuteur :

« Bassan, est-ce que vous me prenez pour un imbécile, mon cher ?

— Loin de là, monsieur le comte...

— Mille grâces, monsieur Bassan ; mais, politesse à part, comment venez-vous me chanter misère sur l'air d'une pièce de quinze sous... Je vous pardonne cette plaisanterie vis-à-vis de ceux de la Ferté-sous-Jouarre ; des gens qui ont l'esprit fait comme leur meule peuvent vous croire, mais vous m'accorderez, je l'espère, de savoir la valeur et les charges d'un domaine?... Vous n'avez pas soixante-quinze centimes d'épargnes? et cependant vous payez fort exactement vos impositions, dont certes les fonds ne sont pas faits par le produit de votre terre, car vous ne faites pas une coupe de bois, je vous sais bien vingt arpents en friche, et vos semailles n'ont pas plus d'importance qu'il en faut pour payer les moissonneurs... Cependant vous venez de m'acheter dix-neuf cents francs, payés en beaux écus à l'effigie de Louis-Philippe, une plantation de l'autre côté de Tanqueue.

— Que concluez-vous de tout cela, monsieur le comte? — demanda Bassan avec impatience.

— J'en conclus, mon voisin, que vous avez beaucoup mieux à faire à l'égard de votre nièce que de la placer demoiselle d'étable...

— Que voulez-vous que j'en fasse ! —s'écria Bassan avec humeur, — une *somnambule ?* »

La question était directe ; elle portait à fond sur une manie du comte de Sussy, sur sa moralité ; mais il y a dans l'esprit du gentilhomme maintenu par la fortune dans la jouissance des priviléges de sa caste, je ne sais quel aplomb,

quel sang-froid, qui détournent le coup du sar-
casme le plus amer, de la méchanceté elle-même.

« Ma foi, mon bon monsieur Bassan, ce ne
serait déjà pas si maladroit d'endormir *au ba-*
quet de Mesmer votre jolie nièce, cela lui ferait
du moins oublier l'hygiène assez ridicule à laquelle vous la condamnez.

— Ridicule pour ridicule, je préfère celui
qui conserve ses mœurs, — répliqua vivement
Bassan.

— J'ai toujours vu, mon voisin, que les ava-
res étaient de grands moralistes, et je me plain-
drais au nom de la science, si vous saviez ce
que c'est que la science; mais j'ai autre chose
à faire pour le moment, et traitons cela, je
vous prie, en gens *comme il faut.* Je vous
propose de donner à mademoiselle votre nièce
la direction de la lingerie du château ; elle vivra
aussi retirée que ses convenances le lui con-
seilleront ; je lui donnerai *cent louis* d'émolu-
ments, et du moins elle gardera les habitudes

qui paraissent appartenir à sa nature. Ça va-t-il, mon cher monsieur?

— Ma foi, pour l'histoire d'en rire, cela me convient, monsieur le comte !... Va pour votre première lingère ; et s'il arrive malheur à la jeune fille; si vous portez préjudice, seulement par de faux plis, à son jupon, je vous fais un procès à vous faire manger le château de Tanqueue et son village.

— Ah! mon compère, vous en faites déjà claquer votre langue de joie et de convoitise ! Cela vous paraît un friand morceau à digérer que le château de Tanqueue; mais ne vous échauffez pas sur cette idée, les réactions par refroidissement sont dangereuses! Votre nièce sera intacte chez moi, et plus heureuse que chez vous, voilà tout.

— Ainsi soit-il ! — fit Bassan. — Eh bien ! monsieur le comte, j'en passe par où vous voulez... La vache noire deviendra un petit tracas de plus pour Mme Bassan, mais il n'est rien que

je ne fasse pour ma nièce... Laissez-moi lui parler de cela gentiment, et demain lundi, avant
l'heure du dîner, la nièce des Bassan s'instal-
lera dans votre château. »

M. de Sussy devint très-rouge, sa respiration
était visiblement gênée; car une joie intime
agissait, non moins que l'étonnement, sur toute
sa personne. Cette prompte réussite, sur un sujet aussi délicat, le rendait tremblant d'aise et
d'inquiétude : il voulut rester sur *la bonne bouche* de ces dernières paroles, et serrant affec-
tueusement la main de son voisin, il se retira
plus léger, plus alerte, tout heureux d'espérance.

Bassan était ennuyé de la présence de sa
nièce, mais une pensée d'une plus réelle importance avait inspiré cette extrême facilité qu'il
avait montrée pour les désirs du comte de Sussy.
Chaque jour qui s'écoulait, par une fantaisie
née de la poignante anxiété qui présidait à ses
insomnies, lui rendait de plus en plus insup-

portable le séjour de Rouge-Bourse et de la France ; il avait préparé dans sa tête tout un plan d'existence, et c'est en *Suisse* qu'il voulait le réaliser, mais seul. Il fallait, pour qu'il l'exécutât, que sa femme fût morte et son château vendu : telle circonstance, *la plus imprévue*, pouvait hâter les jours de Mme Bassan ; et Antoinette, parvenant à exercer une certaine influence sur l'esprit du châtelain de Tanqueue, l'amènerait à acheter Rouge-Bourse.

Tels étaient les projets de M. Bassan ; la visite de *Tarroux* leur donnait un caractère d'obsession, et les propositions de M. de Sussy lui parurent d'un à-propos merveilleux.

Ne voulant pas cependant mettre de la précipitation dans une mesure qui, bientôt connue de tout le pays, ne pouvait manquer de paraître étrange et d'être interprétée d'une façon fâcheuse, il voulut donner une nuit à la réflexion avant de faire connaître sa volonté à sa nièce.

Le lendemain matin, plus affermi que jamais

dans la pensée qu'il avait arrêtée la veille, il appela Antoinette, et d'un ton de sollicitude :

« Petite, est-ce que tu as froid dans cette
vilaine chambre ?

— Mais l'air y pénètre par bien des endroits,
mon oncle ; je vous l'avoue, j'ai bien froid dans
cette vilaine chambre...

— Matoise, tu répètes mes mots pour me
faire comprendre leur exactitude, et tu m'a-
dresses des petits regards tout *endoloris*, afin
que je te trouve trop jolie fille pour garder une
vache et soigner un vieux vilain ménage... Au
fait, madame Bassan avec sa face parcheminée,
et M. Bassan qui bougonne toujours, ce n'est
pas bien récréatif pour l'esprit d'une jeune fille...
n'est-il pas vrai, mademoiselle ma nièce ? »

Antoinette ouvrait bien grands ses charmants yeux noirs ; la formule de Bassan l'em-
barrassait et l'étonnait.

« Je ne pense pas, mon oncle, tout ce que

vous dites là ; et si mes parents veulent me témoigner un peu d'intérêt, un peu d'affection, je ne regretterai pas le sort qui m'est fait auprès d'eux...

— C'est-à-dire que tel qu'il est, ce sort, et tels que sont tes parents à ton égard, le tout t'ennuie souverainement?

— Je ne puis rien répondre... Incapable d'oublier ce que je dois au frère de mon père...

— Ta, ta, ta; voilà une autre chanson, maintenant!... Le frère de ton père! pardieu! cela te rendra la physionomie plus heureuse, d'être la nièce au vieux Bassan! Oui, je le crois, tu porteras de jolis tabliers en nettoyant l'étable de Rouge-Bourse!... Non, vois-tu, toute ré-flexion faite, et justement parce que tu es ma parente, je veux mieux te traiter que je ne l'ai fait depuis que tu es ici... C'est une vilaine boutade, vois tu, fillette ; mais elle m'a passé, et je t'en fais mes excuses... »

Antoinette s'approcha vivement de son oncle,

lui prit les mains, éleva sur lui un regard plein de tendresse et lui dit avec un accent pénétrant :

« Si vous saviez comme vous me rendez heureuse en me parlant avec cette douceur ! »

Le vieux Bassan, cédant au mouvement de la jeune fille, la pressa contre sa poitrine, l'embrassa au front... la regarda... et ce regard eut la durée, la fixité d'un attentif examen.

« Comme tu es jolie ! » — lui dit-il en balbutiant et avec émotion.

Antoinette devint très-rouge, se recula doucement, abaissa ses yeux, et attendit qu'il plut à son oncle de s'expliquer.

Bassan fit quelques pas dans l'allée du parc... Il venait de rencontrer inopinément, dans les vilaines broussailles où naissaient et vivaient ses pensées habituelles, une de ces idées bizarres, repoussantes, fécondes en malheur, qui *mordent* le cœur des vieillards, les réduisent à la rage et à l'imbécillité... La farouche nature de cet homme n'avait pas besoin d'une telle excitation !...

Excitation, — c'est la pensée affaiblie par le mot; car le langage ne le fournit pas ce mot qui doit peindre la frénésie insensée d'un vieillard spontanément saisi du mal d'amour, — sans y avoir été amené ou préparé par aucune de ces analogies, causes habituelles de rapprochement entre les êtres.

L'amour ! cette source ineffable de bonheur, d'inspirations élevées, quand il est réglé par la dignité des sentiments, quand il est débarrassé de ce délire inintelligent, de cette fureur brutale qui en font une torture et une honte ! l'amour, avec son brillant enthousiasme, ses consolations si intimes, pouvait-il naître au cœur de Bassan ?

On a vu des hommes arrivés à l'âge où la sensibilité peut paraître affaiblie, où la délicatesse des sensations et *l'impressionabilité* peuvent être émoussées par le long usage de la vie, retrouver en eux (privilége providentiel !) la cha-

leur des premiers beaux jours de l'existence ;
et, sous l'influence des tardifs rayons d'un soleil qui avait cessé de briller à leur horizon, ressentir encore les émotions chaleureuses, les
exaltations poétiques, les vivacités pleines de
tendresse dont l'amour seul est l'aliment; et
ces hommes, que l'on doit supposer placés dans
les meilleures conditions organiques, démen-
tent, sous les insignes blanchis de leur hiver,
l'impuissance morale attribuée à la virilité qui
s'éteint. Leur longue expérience, que dénonce-
raient des rides,—se change en une science bonne
à distraire et à instruire ; et tout ce qu'ils savent
des pratiques du monde devient, grâce à l'intelligent désir de plaire, un moyen de donner un
charme de plus, une durée heureuse aux émotions qu'ils parviennent à inspirer.

Près d'eux, — inopinément ou dans les loisirs de l'habitude, — ils ont trouvé l'objet de
cet amour qui devant eux recule, on pourrait
le croire, la fatale limite; mais cet objet a ressenti les lois de la sympathie avant que d'en

connaître le bonheur; une attraction morale, progressive, douce et relative, l'a conduit peu à peu, sans violence, sans secousse, à apprécier qu'il y a dans les mystères de *l'organologie* humaine une puissance morale capable d'embellir la forme vieillie, d'effacer les rides, de donner un démenti aux affaiblissements ordinaires de l'âge avancé, et d'inspirer tous les bonheurs des premières amours !

Mais Bassan pouvait-il éprouver les sensations des races privilégiées?

Après avoir balbutié ces mots :

« Comme tu es jolie ! »

Il s'était retiré à quelques pas ; il avait marché quelques instants, cherchant à se reconnaître, à se rendre compte de ce rapide vertige qui venait de traverser son esprit, lorsque les regards affectueux d'Antoinette s'étaient élevés vers lui, lorsqu'il venait de presser contre sa poitrine les formes délicates et charmantes de la jeune fille.

« Qu'est-ce ? se demanda-t-il avec un étonnement réel ; — que signifie cette chaleur qui me
monte au cerveau ? pourquoi les sottes idées de
ce comte de Sussy me viennent-elles à moi ?...
qu'y a-t-il de commun entre ces grimaces
amoureuses d'une femme et l'âpreté de mon
humeur souffrante ? Je crois, Bassan, que les
incidents de ces jours passés te désorganisent la
cervelle... »

Et reprenant sa physionomie arrêtée, sa voix
rude et sans bienveillance :

« Approche ici, fillette... ce que je te disais
tout-à-l'heure de tes vilains tabliers et des soins
grossiers du ménage, peu faits pour tes mains,
doit avoir un résultat intéressant et utile à ta
vie. . Tu m'es arrivée ici comme un oiseau
tombé d'un nid par un grand vent ; je ne t'at-
tendais pas ; je n'avais pu créer un plan de conduite à ton égard... Maintenant que j'ai réfléchi,
j'ai jugé à propos de te donner *une condition...*
Tu vas entrer chez le comte de Sussy pour soi-

gner sa lingerie ; il te donne des appointements
comme à une *fille de France...* Là, du moins, tu
porteras de jolis bonnets, des tabliers toujours
blancs, et l'appétit ne te manquera pas, comme
j'ai vu que cela t'arrivait quand tu regardes tes
vieux parents...

— Mon oncle... — murmura Antoinette sur
le ton d'un reproche plein de respect et de tristesse.

— Est-ce que ton oncle a mal parlé ?...

— Je ne sais que vous dire !... Entrer *en condition* n'est pas certes ce que je me promettais
en traversant la mer pour arriver jusqu'à vous...

— Tu fais bien de me le rappeler !... tu as eu
là une jolie idée !... Que tous les négrillons de
l'enfer et des Indes tordent le cou à ceux qui
t'ont dit qu'en France tu avais des parents !...
ils sont d'une grande élégance, comme tu vois !
il y a de quoi en être fière, n'est-il pas vrai ?
Quand tu pleurnicheras, pour la centième fois,

depuis que tu es ici, à quoi cela rimera-t-il ?...
Il faut, avant tout, manger du pain, et se préparer un avenir; moi, je ne puis pas t'en assurer un... je n'ai rien... je ne puis rien... les
pierres de cette grande bicoque de maison tom-
bent à chaque instant comme les cheveux gris
de ma vilaine tête; à quelque jour ton oncle et
ta tante seront trouvés ensevelis sous leur ma-
sure; je ne veux pas que cette lourde sépulture
soit la tienne... Va-t'en chez un riche; cela te
convient mieux... Je ne veux plus avoir à te
dire un mot là-dessus. Tu sera partie de Rouge-
Bourse d'ici à deux heures, tu n'as qu'à disposer
ton bagage... Allons, file ton nœud et dépêche-
toi. »

Et le vieux Bassan s'enfonça dans les allées de
son parc après ces dernières paroles. Il venait
de soutenir une lutte; cela était évident, pour
lui-même qui n'aurait pas voulu le reconnaître.

L'abbé Sigaud.

XXI.

Mon Dieu! mon Dieu! se dit Antoinette en rejoignant sa tante, — soutenez-moi, éclairez-moi au milieu de cette nuit où je marche!... *Mon étoile*, ma consolation, mon espoir, flamme de ma vie, viens briller dans ce ciel sombre!

Toute la poésie des nobles tristesses de l'âme,

elle pouvait la posséder et l'exprimer. Son enfance avait été cultivée, et son organisation
instinctivement intellectuelle, développée sous
l'influence d'un doux et beau climat, permettait
à sa pensée les belles formules qui révèlent l'é-
lévation et l'élégance de l'esprit.

« Ma tante, vous ne m'aviez pas dit vos projets? — dit-elle à la dame Bassan en entrant dans
la cuisine.

— Quels projets?

— Mon départ de Rouge-Bourse...

— Ton départ!... comment! tu nous quittes!
— s'écria la tante d'Antoinette avec plus de terreur encore que d'étonnement.

— Ne le saviez-vous pas?

— Qui me l'aurait dit?

— Mon oncle vient de m'ordonner de partir...

— Est-ce vrai, ce que tu dis là?... Comment!
je vais me retrouver seule avec lui !... Mais pour-

quoi cette résolution subite? où vas-tu te rendre?...

— A Tanqueue, chez le comte de Sussy qui
me donne l'emploi de lingère dans son château...

— Chez le comte de Sussy!... est-ce possible!... est-ce ton oncle qui t'envoie chez ce
vieux libertin?... »

Antoinette ne put donner un sens complet à
ce dernier mot échappé à sa tante? cependant
elle l'entendit comme une injure et éprouva un
sentiment de dégoût qui ajouta à son inquiétude
et à son chagrin. Mais Mme Bassan fut attérée
de cette nouvelle. Plus qu'en aucun temps, elle
eut peur de l'isolement où elle allait se trouver;
ce soin d'éloigner sa nièce, si peu en rapport
avec les ménagements que son mari devait garder, lui parut le premier effet d'un complot
ourdi dans cette tête froide et méchante.

« Je voudrais pourtant bien, mon enfant, te
voir rester à Rouge-Bourse! — dit-elle à Antoi-

nette avec une sollicitude qui n'était réellement
que de l'anxiété.

— Il ne m'est plus possible, ma tante, d'avoir
ni désir, ni volonté, » répondit la pauvre enfant,
que ces oscillations douloureuses et de tous les
instants réduisaient au découragement.

Bassan rentra et interrompit, par son arrivée
toujours brusque et sa voix toujours rude, ce
vague pénible qui se manifestait entre la nièce
et la tante.

« Madame Bassan, dépêchez-vous d'embrasser
la fille de mon frère ; je lui ai trouvé mieux que
notre baraque; elle va se dorloter comme une demoiselle. Mais, comme je ne veux pas qu'elle ait
l'air d'avoir faim en entrant dans le château de
Tanqueue, donnez-lui un morceau sur le pouce...
cela l'aidera à passer encore un petit instant en
famille... et je lui tiendrai compagnie, j'ai faim.

— Vous êtes bien bon, mon oncle, je ne sau-
rais manger...

— Va ton train, va, ma fille, fais ta bouche pincée ; désormais ce sera ton affaire... La surintendante d'un beau château, c'est une dame d'importance ! » ·

Bassan voulait laisser parler son habituelle insolence, mais il était contraint : une secrète colère l'agitait ; son ironie avait un motif nouveau, et les regards étrangement inquiets qu'il jetait à la dérobée sur sa nièce démentaient ses brutales paroles.

« Je n'ai pas voix au chapitre, — dit Mme Bassan avec humeur, mais sans trop élever le ton, — aussi je ne dirai pas ce que je pense, monsieur Bassan, de la résolution que vous avez prise... Il aurait peut-être été prudent... vous entendez !... de garder auprès de nous cette enfant plutôt que de la faire courir les aventures.

— J'aurais hésité, mais vous me décidez ! — s'écria Bassan trouvant où jeter sa colère ; — je vous conseille, à vous, de tortiller vos phrases pour me dire qu'une nièce habillée en servante vous convenait mieux que vos deux mains pour soigner ma vache !... Il y a de bonnes raisons, madame ma femme, pour que je ne vous consulte jamais... d'abord, parce que vous êtes idiote, et encore parce qu'il y a dans votre vilaine caboche de quoi faire bouillir la marmite du diable !... un tas de mauvais projets, de la haine à en devenir noire !... et j'irais vous demander : « Cela vous va-t il ? » — De quoi vous mêlez-vous, vieille bête ! soignez votre soupe et taisez-vous !...

— Mon oncle, je vais partir, » — dit très-vite Antoinette espérant couper court à une violence qui l'effrayait et la désolait.

La grosse cloche de la grille tinta.

« C'est le galant comte de Sussy qui vous envoie chercher, mademoiselle Bassan... Allez ouvrir, belle dame de Rouge-Bourse, et dites aux valets de Tanqueue que notre parente va se mettre en marche. »

Tandis que Mme Bassan allait obéir à l'ordre de son mari, le vieux Bassan changea brusquement la clé de sa voix et dit à sa nièce :

« Je t'assure, fillette, que je voudrais te savoir heureuse... et s'il arrivait que chez ce riche tu entendisses des mots malséants, si on t'y faisait endurer de mauvais procédés, accours vers cette grille de Rouge-Bourse et sonne bien fort ! j'irai t'ouvrir les deux battants... — Il s'interrompit, marcha vite vers la fenêtre, et s'écria avec un accent de surprise qui ne lui était pas ordinaire : — Qu'est-ce ceci ? que veut ce prêtre ?.. »

Mme Bassan entrait à ce moment, suivie par un prêtre en soutane : c'était l'abbé *Sigaud*.

Inconnu aux propriétaires de Rouge-Bourse, mais le point de mire de la curiosité et de la malveillance de tous les habitants de la Ferté-sous-Jouarre, l'abbé Sigaud était une excentricité digne d'observation : fils d'un cordonnier, des circonstances inconnues lui avaient facilité, non-seulement une instruction plus complète que ne sont dans l'habitude d'en avoir les fils de cultivateurs et d'artisans voués par une ambition sans issue à l'état ecclésiastique, mais elles lui avaient encore procuré une fortune indépendante, dans laquelle il avait développé un instinctif penchant pour le merveilleux et les sciences expérimentales : sa maison portait un observatoire pour les études astronomiques ; l'abbé était magnétiseur, physicien ; il possédait le savoir *occulte* qui s'approche du diable et semble tenter Dieu ; il disait *peu* la messe ; le dimanche, jour dominical, assez pour ne pas oublier l'hostie. On se confessait rarement à lui, parce qu'un bruit vague d'interdiction avait circulé dans les petites chapelles de la paroisse ; mais, dans les accidents délicats et mystérieux de la vie, plus d'une femme était venue au jour douteux du soir consulter, sous les auspices du signe de croix et du *confiteor*, sa science psychologique.

Sa taille était mince, sa physionomie fine, ses traits délicats, ses yeux d'un bleu vif et très-

couverts par de longs sourcils gris ; un *collier*
de barbe blanche encadrait son visage pâle
d'une façon pittoresque.

Bassan s'avança tout étonné au-devant de
l'abbé Sigaud.

« Qu'y a-t-il pour votre service, monsieur?

— Deux mots seulement : je viens de la part
de M. le comte de Sussy vous rendre la parole
qu'il vous avait donnée concernant votre jeune
nièce ; des raisons nouvelles l'engagent à renoncer à son projet.

— Très bien ! — s'écria Bassan en frappant
dans ses mains, et l'œil brillant et la poitrine
soulagée ; — bien, très bien !.. Fillette, jette là
ton cabas... tu nous restes !... Monsieur l'abbé,
je vous suis bien obligé de votre peine... Allons,
ma nièce, un petit sourire... moi, je suis très-
gai !... »

Il perdait contenance, tant sa joie était
étrange.

L'abbé Sigaud explora d'un regard pénétrant cette famille en trois personnes. Cette jeune fille, en face de tels parents, lui offrit un affligeant contraste, et peu préoccupé de la rudesse des formes de Bassan, il sortit de Rouge-Bourse, le fatal manoir, l'âme toute glacée, se reprochant presque la démarche qu'il venait de faire.

Il se rendit du même pas à Tanqueue, chez le comte de Sussy. Le comte, dont il était l'ami, parut cependant contrarié de sa visite.

« Bonjour, l'abbé, — lui dit-il avec un froncement de sourcils qui n'annonçait aucune bienveillance.—Si vous venez me demander à dîner, c'est mal prendre votre jour; je vais aller à Reuilly...

— Non, monsieur le comte; je ne me permets pas cette indiscrétion, mais je viens remplir un devoir auprès de vous.

— Lequel, monsieur l'abbé?

— Vous avez eu l'intention d'attacher au ser-

vice de votre maison la nièce des Bassan de
Rouge-Bourse?

— Pourquoi cette question?... et quel rapport entre ce fait et nos relations habituelles?...
Vous reste-t-il maintenant à me prouver que
vous avez la seconde vue?... Vous en êtes bien
capable!

— Je vous prie bien, monsieur le comte, d'ac-
cueillir ma visite, ainsi que vous le faites toujours, avec affabilité. Ni seconde vue, ni sorcellerie; tout uniment un de vos projets dérangés,
et je viens vous en avertir...

— Quel projet?

— J'avais l'honneur de vous parler de la nièce
des Bassan...

— C'est vrai; je lui donne une condition douce
et honorable dans mon château pour la soustraire, la pauvre enfant, au cloaque mystérieux
et repoussant de Rouge-Bourse... Et pour ne
pas dissimuler auprès de vous une vérité qui

n'est que bonne à avouer, j'attends cette jeune
fille...

— Elle ne viendra pas.

— Elle... ne viendra pas! — s'écria M. de Sussy
pris au dépourvu. — Le Bassan se ravise?

— Non; mais je vous ai donné ce mérite...

— Vous, monsieur?...

— Moi, monsieur le comte, » — répondit avec
convenance et fermeté l'abbé Sigaud.

M. de Sussy réfléchit pendant quelques secondes, et rassemblant toutes les ressources de
la prudence pour ne pas se laisser deviner tout-
à-fait par un homme qu'il savait doué d'une sa-
gacité rare :

« L'abbé, est-ce que vous avez aperçu quelquefois le comte de Sussy au guichet de votre
confessional?

— Jamais...

— Vous n'êtes ni mon chapelain, ni mon di-

recteur... ni rien de cela auprès de ceux de
Rouge-Bourse? — Dieu merci pour vous!

— Je suis tout uniment l'abbé Sigaud, humble
prêtre, résidant à la Ferté-sous-Jouarre...

— Pas si humble! Et vous seriez un sot d'af-
fecter cette allure vis-à-vis ces *meuliers* et messieurs leurs petits garçons qui vous jetteraient
des pierres s'ils ne vous savaient pas de force à
les ensorceler... Vous êtes un savant, je le reconnais; vous êtes mon ami, je m'en suis souvent félicité; mais vous n'avez aucune qualité
pour vous mêler de ce qui se passe chez moi.

— Je trouve, monsieur le comte, votre observation d'une exactitude parfaite.

— Que venez-vous donc m'annoncer?...

— Que l'aïeule de Laure-Antoinette Bassan,
centenaire, résidant à la Ferté, et ma pénitente,
a été avertie ce matin de l'installation de son ar-
rière-petite-fille au château de Tanqueue... La
vieille dame, dont l'accidentelle lucidité est peut-

I   21

être l'indice de sa fin prochaine, m'a fait venir
et m'a dit en me montrant son chapelet : *Sur
votre salut éternel, je vous ordonne d'empécher
cela !*... Je ne crois pas au diable, monsieur le
comte, mais je crois aux anges ! et la centenaire
en offre à mes yeux la sainteté solennelle... Je
me suis rendu aussitôt à Rouge-Bourse ; j'ai vu,
dans une sale cuisine, une bien jeune fille portant au bras un petit paquet, et à terre était une
malle. Je n'ai point hésité ; je vous ai donné,
monsieur le comte, le mérite d'une résolution
nouvelle et généreuse.

— Qu'est-ce à dire, généreuse? Comment
l'entendez-vous, vous et votre centenaire ? Comment ! je serai plus généreux en laissant dessé-
cher de tristesse et de misère une aimable jeune
fille qu'en lui assurant un sort plus conforme
à sa nature?... »

L'abbé Sigaud baissa les yeux.

« Vous taire, c'est trop répondre, monsieur
l'abbé. Que signifie cette interprétation ?

Voyons, parlez; ne dois-je voir en vous qu'un être malveillant et dangereux?... »

Le prêtre leva lentement son regard sur les regards de M. de Sussy, sourit tristement et avec une ironie qu'augmentait un caractère de sévérité.

« *Le baquet de Mesmer* a opéré trop de *cures* en ce pays, monsieur le comte, pour que les mères n'y regardent pas à deux fois quand il s'agit de votre bienveillance pour leurs filles...

— Eh bien! j'aime mieux cela, l'abbé, — dit M. de Sussy avec élan et en frappant familièrement sur l'épaule de M. Sigaud. — Parole d'honneur, j'aime mieux trois vérités dures que cent politesses fardées!... Décidément, vous êtes le messager d'un ange qui a cent ans, et vous venez pour arracher aux tentations *du baquet* une jeune fille au séduisant corsage?... Saperlotte! vous me rajeunissez et je vous en remercie... Et maintenant, l'abbé, vous êtes

fou!... fou à être frappé d'une *seconde* interdiction!... Vous rougissez? Un peu de carmin ne
fait pas mal sur votre pâle visage... Dans quel
livre de sorcellerie avez-vous lu que le comte de
Sussy voulait prostituer la nièce des Bassan?...

— Dans quel livre de sorcellerie avais-je lu
que vous prostitueriez les cinq jeunes filles dont
les noms sont audacieusement gravés sur des
tables de marbre dans votre chaumière damnée?
— demanda M. Sigaud en donnant de l'éclat à
sa voix, en bravant du regard le faux aplomb du
comte. — Si j'ai passé ma vie sous l'oppression
du clergé auquel j'appartiens, exposé à l'ingratitude et aux insultes des hommes qui m'entourent, plus isolé par un ostracisme cruellement
imbécile que par les exigences du caractère dont
je suis revêtu, vous imaginez-vous, par hasard,
que j'ai consumé les longues heures de ma solitude dans l'inutilité de la contemplation, dans
la somnolence d'une créature infime, sans
croyance, sans espoir et sans courage?... Et si

vous convenez, au contraire, que j'ai mis à pro-
fit la souffrance qui me venait des hommes pour
sonder la science qui me vient de Dieu! si cette
pâleur qui vous amuse n'est pas l'indice de la
débilité de mon corps, mais celui des laborieuses
insomnies de mon esprit!... si vous comprenez
que dans ma force intuitive il y a plus qu'il ne
faut pour décomposer votre être, l'analyser, le
décrire, et vous faire rougir de vous-même...
vous, qui vous en prenez au carmin de mes
joues!... quelle est cette inconséquence qui vous
pousse à vous jeter sous mon scalpel... Reculez-
vous, monsieur le comte, vous n'avez pas assez
de puissance pour que l'insulte de votre bouche,
l'égarement de votre raison et l'injustice de votre
cœur déconcertent, — tous trois réunis, — la
fermeté de mon âme et l'autorité de ma pensée!
Me traitez-vous en vassal?... suis-je de ces
gens que terrasse l'insolence d'un seigneur?...
Que ce soit le riche propriétaire de Tanqueue
ou le chef épiscopal qui est à Meaux, par l'arro-
gance, par la persécution, par les pierres de la

populace, par les insultes de la cité misérable où
j'habite... par rien!... entendez-vous? par rien,
je ne me laisse dérouter, intimider, ni affliger!...
Il y a des hauteurs dans les sphères auxquelles
parvient mon intelligence, sur lesquelles s'as-
sied ma conscience; là, nul être humain ne sau-
rait atteindre... Vous me faites tous pitié quand
j'y monte! et quand de là-haut je vous regarde
tous... tous, vous me faites tous pitié!... »

La main de l'abbé s'était étendue devant le
visage du comte de Sussy pendant cette allocu-
tion d'inspiré ou d'illuminé, et, par un effet fa-
cile à prévoir, — si l'on est assez éclairé pour
comprendre l'action invincible du fluide ner-
veux dans une condition donnée de rapports
déjà établis entre deux êtres, — le comte sentit
fléchir peu à peu sa volonté, sa lucidité, son entendement, tous ses sens; il tomba endormi dans
son fauteuil.

Je n'ai pas voulu décrire l'abbé Sigaud pendant cette opération magnétique qui était une

vengeance : toutes ses facultés nerveuses en travail, toute sa colère dans ses yeux, toute son
énergie dans sa parole, toutes les puissances du
magnétisme transmises à sa main, fidèle agent de
sa volonté, — en avaient fait, en cet instant, une
créature surhumaine.

Cagliostro, Mesmer, Puy-Ségur, Deleuze, —
tous les pères de la science occulte réunis?

Non, c'était simplement l'abbé Sigaud.

Il contempla son ouvrage en haussant les
épaules et dit avec dédain : .

« Beau triomphe!... abattre sous mon regard
un vieux débauché! Allons!... réveillez-vous,
monsieur le comte, réveillez-vous! — et par des
passes rapides et transversales, il dégagea la tête
de M. de Sussy du fluide magnétique qui l'en-
veloppait.

— Trop tôt réveillé, — dit avec tristesse le
propriétaire de Tanqueue en sortant de sa pesante somnolence ; reprenant par degrés ses perceptions, il regarda presque timidement l'abbé

Sigaud. — Voilà la science, — reprit-il sur un ton équivoque de reproche et de résignation, — imprudent qui la brave, ignorant qui la méconnaît. Il n'y avait cependant rien dans mon intention qui pût sérieusement choquer votre susceptibilité... N'importe! l'expérience est faite, je vous la pardonne à cause de la réussite. Quant à la petite Bassan, je vous l'abandonne ; nous verrons si ce que vous avez prétendu lui éviter n'aurait pas été mieux pour elle que ce que lui réservent ses ignobles parents.

— Du moins, monsieur le comte, aurons-nous, vous et moi, rempli notre devoir... et si, en effet, la jeune fille, objet des dernières sollicitudes de ma pénitente centenaire, a besoin d'une protection au foyer même des Bassan, je songerai au moyen de la lui garantir.

— Amen! l'abbé. »

Cette répression des malveillantes paroles du comte de Sussy par un sommeil imprévu et forcé pouvait bien ressembler à une grave offense, mais la science établit entre ses adeptes une affinité plus intime, plus à l'épreuve des accidents, que ne le sont les liaisons ordinaires du monde. Le prêtre et le gentilhomme se quittèrent aussi dévoués l'un à l'autre qu'ils l'étaient auparavant.

La chambre à coucher.

XXII.

Antoinette l'avait dit à sa tante peu de minutes avant la visite de l'abbé Sigaud : « Il ne
lui était plus possible d'avoir ni désir ni volonté. »
Aussi resta-t-elle comme indifférente à ces alternatives nouvelles auxquelles elle était livrée.
Le changement qu'elle croyait survenu dans

l'esprit du seigneur de Tanqueue ne lui causa
ni tristesse ni étonnement, et si dans cet incident son attention fut un peu éveillée, c'est par
la joie qu'en laissa voir son oncle Bassan.

« Je ne sais pas ce qui lui prend, — pensa
Mme Bassan en regardant son mari à la dérobée, — mais le mieux de tout ceci, je le trouve
dans la présence d'un témoin qui gênera peut-
être les accès de colère de cette bête féroce. »

Bassan, après les premiers témoignages de sa
satisfaction, se leva, passa dans sa chambre, en
ferma la porte, alla s'asseoir devant son secré-
taire, le coude appuyé sur le *battant* abaissé et
la tête tournée de façon à voir dans la cuisine
à travers la glace sans tain.

Antoinette, qui ne pouvait s'habituer à l'effet
produit par cette étrange cloison, se sentit tout
embarrassée dans ses mouvements, dans le maintien même de sa physionomie, lorsqu'elle sur-
prit les regards de son oncle arrêtés sur elle avec
fixité. Toutefois, afin de trouver une conte-

nance, elle prit la main de sa tante et lui dit avec douceur, avec affection :

« Ma tante, vous paraissiez contrariée par mon départ; je serai bien contente si ma présence vous est bonne à quelque chose.

—Tra déri déra !» fit Bassan à pleine voix en changeant brusquement d'attitude et en faisant claquer ses doigts tout en marchant à grands pas dans sa chambre. — Au second tour, il prit dans un tiroir du secrétaire un trousseau de clés, rentra dans la cuisine, et monta le petit escalier qui conduisait aux appartements, Il ne resta pas moins d'une heure, allant et venant au premier étage, entrant dans toutes les pièces, fouillant dans des armoires, traînant les quelques meubles épars çà et là. Il descendit par le grand escalier donnant sur le grand corridor du rez-de-chaussée, fit plusieurs voyages d'un étage à l'autre; et, toutes ses courses terminées, il avait déposé dans la chambre où Tarroux et Lebertre avaient pénétré par escalade, — un bois de lit d'acajou, sale, avarié et d'une forme très-ancienne, des matelas, une garniture de lit ; de la pièce voisine, qui était un grand salon carré dans de belles proportions, il avait tiré trois fauteuils faisant partie d'un meuble tout délabré, quant à l'étoffe en damas de soie qui le couvrait, mais dont les bois étaient d'un très-beau modèle de sculpture (1) ; il avait ajouté aux trois siéges un petit *chiffonnier* en marquetterie, un peu boiteux, mais d'un joli travail ; il avait tiré d'un grand placard du salon deux grands rideaux en soie couleur ponceau ; et disposant le tout avec une agilité incroyable, il eut bientôt organisé l'ameublement d'une chambre à coucher offrant

---

(1) Ce meuble a été acheté par M. le prince Léon de Rohan qui habite à *Rueil*. — Mme la princesse de Rohan, noble et parfaite dame, dont la perte récente sera une éternelle cause de regrets, avait brodé de ses mains, en cachemire blanc, deux fauteuils provenant du meuble de Rouge-Bourse. Ce travail de la princesse est d'une élégance exquise.

l'aspect d'un lieu qui serait resté abandonné depuis que la mort y aurait passé.

Les choses disposées ainsi, Bassan, presque embarrassé de son action, revint dans la cuisine.

« Où est ma nièce ?

— Elle est à soigner votre vache.

— Ah ! puisque vous en parlez, madame Bassan, il faut que nous causions un tantinet sur des idées qui me sont venues et un projet que j'ai...

— C'est incroyable, monsieur Bassan, comme depuis quelques jours votre tête travaille...

— C'est possible ; mais faites travailler vos oreilles de manière à ce qu'elles ne perdent pas un mot de ce que je m'en vais vous dire. Fatalité ou cours naturel des évènements, voilà beaucoup de monde initié en peu d'instants aux détails de notre intérieur... Le comte de Sussy, ce prêtre, son messager, les uns les autres à la

I.   22

Ferté, tous ces yeux-là nous regardent, et je voudrais bien qu'il n'y eût rien de malveillant dans cette attention. Une jeune fille jolie inté-resse toujours. Antoinette a des petites mines, un petit air de princesse qui la font remarquer ; je ne serais pas fâché, lorsque tous ces bavards demanderont de ci, de là : *Eh bien ! la demoi-selle de Rouge-Bourse, qu'est-ce qu'ils en font ces grigous de Bassan ? Comment la traitent-ils?* Vrai, je ne serais pas fâché qu'on pût répondre : Ils la traitent en dame ; elle est choyée, mijotée par ses parents... Hein ! madame Bassan; pensez-vous comme moi ?

— Pour ce qui est des bons traitements, je suis de votre avis ; vous feriez bien de ne pas la rudoyer, cette petite, de ne pas la battre...

— La battre ! battre Antoinette ! Qui parle de cela?..

— C'est vous qui l'avez fait.

— Moi !... c'est vrai ; je suis une brute, un

sauvage... Mais vous, madame Bassan, qui, dans
votre genre, ne valez guère mieux, vous avez
aussi à vous modifier dans vos procédés pour
cette enfant... Faites donc la stupéfiée !... A
l'instant où je parle, où est-elle ? dans l'étable ;
et ceux de la Ferté diront que nous n'avons
une nièce que pour en faire une vachère...

— Alors, prenez une fille de basse-cour...

— C'est cela ! dites-moi de vendre tous les
arbres du parc... Est-ce que je vous parle de
dépense à faire, vieille buse ! Je vous dis de
soigner vous-même la vache, la besogne en sera
mieux faite.

— J'aiderai votre nièce...

— Du tout, je ne veux plus qu'elle prenne
ce soin.

— Vraiment, monsieur Bassan ? — demanda
la pauvre femme qui n'avait pas encore l'intelligence des pensées nouvelles de son mari...

— Et puis, madame Bassan, j'ai eu honte pour

vous et pour moi du vilain gîte que nous avions
donné à notre nièce... Ce soir elle couchera dans
la chambre rose, au rez-de-chaussée.

— C'est peut-être plus humain, en effet, que
de la séquestrer dans cette cour, là-bas.

— Vous voyez bien que nous nous entendons
quelquefois, — dit Bassan avec un laisser-aller
moqueur, — et si je ne me trompe pas, madame Bassan, cette jeune fille sera un point
de rapprochement entre nous... Cela vous fait-
il plaisir?... tant mieux. Allez chercher votre
nièce... Non, restez là ; j'y vais.

— Devient-il fou? — se demanda la dame de
Rouge-Bourse, toute pensive. — Le bon Dieu
permettrait-il la ruine de ce vilain cerveau où
tant d'affreuses pensées ont germé ! Si la para-
lysie pouvait venir... si je pouvais voir impotent,
immobile, cet homme dont le bruit incessant
me fait peur ! »

Bassan rentrait, tenant Antoinette par la main.

« Décidément, mademoiselle, je prétends
que tu vives plus agréablement dans ma maison.
Puisque ce comte de Sussy ne veut pas dé toi,
je veux leur prouver à tous que tes parents veulent de toi et ne sont pas pressés de t'éloigner...
Au fait, que reste-t-il de mieux à faire quand
on est vieux, sans joies, sans plaisirs, que de
s'amuser à soigner, tout doucettement, une petite fleur changée en nièce, toute proprette,
toute mignonne?... Dans ce taudis de Rouge-
Bourse, ni luxe, ni confortable, ni chants joyeux,
ni musique, rien qui rappelle la vie heureuse,
— deux morts qui marchent, voilà tout !...
n'est-ce pas, madame Bassan?... Mais il m'a
passé un vertigo. Je prétends, avant de quitter
ce château les pieds en avant, la tête en bas, me
donner une idée de l'existence douce, soyeuse...
et c'est toi, mignonnette, que je vais installer sur
le duvet et sur la soie. Je te nomme dame de
Rourge-Bourse ! et, mille tonnerres ! si je veux
m'en donner la peine, tu seras plus *dame*, en
effet, que toutes les dames de Tanqueue pré-

TABLE DES MATIÈRES

Contenues dans le premier Volume.

FIN.